上海夜笔记

胡宝谈 著

上海大学出版社

图书在版编目(CIP)数据

上海夜笔记/胡宝谈著.—上海:上海大学出版社,
2016.8
 ISBN 978-7-5671-2451-6

I.①上… II.①胡… III.①短篇小说-小说集-中国-当代 IV.①I247.7

中国版本图书馆 CIP 数据核字(2016)第 171479 号

责任编辑　黄晓彦
封面设计　施羲雯
插图设计　王　依　金小添

上海夜笔记

胡宝谈　著

上海大学出版社出版发行
(上海市上大路 99 号　邮政编码 200444)
(http://www.press.shu.edu.cn　发行热线 021-66135112)
出版人:郭纯生

*

上海教育出版社经营有限公司排版
江苏句容排印厂印刷　各地新华书店经销
开本 889×1194　1/32　印张 5.25　字数 113 000
2016 年 9 月第 1 版　2016 年 9 月第 1 次印刷

ISBN 978-7-5671-2451-6/I·402　定价:18.00 元

目 录

镜男/1

还魂记/24

M 俱乐部/45

食人房间/69

红茧/84

魔音/101

黑鸟/118

吸血唱片/153

上海话部分常用词

侬——你。
伊——他,她,它。
阿拉——我们。
伊拉——他们,她们,它们。
倷——你们。
物事——东西。
哪能——怎么,怎么样。
辰光——时间;时候。
清爽——清洁;清楚。
记——量词,下。

　天下世界到底有过赵蓉这个人哦？肯定是有过的,因为心痛的感觉一直勿变。

镜　男

1

"看起来一样的是哦？其实伊是一件衣裳的两只袋袋，里头装的物事是两样的呀。"

这个是赵蓉对牢镜子讲的。廿年前头了。记得的应该勿是原闲话了。

小学六年级,新学期调位子了,赵蓉坐到我边上来了。阿拉这点同学原旧是嘻嘻哈哈、打来打去的小朋友,伊有点像前弄堂刚刚嫁过来的新娘子,整个人会发光的。走路背一直挺着,人看起来笔直。

第二节上语文课了,伊喊我,在课桌底下头,拿大腿搁在伊大腿上,隔一刻钟两个人再对调。伊小嘴巴有点点翘,讲了蛮有道理:这样嘛,大家省力、写意。

伊穿的是条蓝布裙子,汏_洗了趟数忒多,布头有点烊脱_{融化掉}了,又软又薄,人一坐下来,裙子就朝上缩,大腿一半露在外头,冰潋_凉,光滑。感觉硬,但是肌肤有种柔和的黏性。我搁在伊上头,明明只有四五分钟,我讲一刻钟到了,怕伊吃勿消勿来了。倒过来,只要伊勿响,我也勿响,让伊一直搁下去。

"一刻钟到了,调人!"每趟我这样讲,伊都会得笑一笑。

2

老北站的天嘛,总归是灰冷的,像十二月里要落雨快了。阿拉小弄堂里的石库门墙头也是灰砖,看起来烟冷清清,像这条弄堂里人家全搬空脱了。和别人家天热乘风凉讲鬼故事两样,赵家伯伯嘛,讲故事欢喜在年底的。只要看见隔壁灶披间_{厨房}后门开着,我马上趯_蹿进去。铜吊_{烧水壶}里水蒸气开始一蓬一蓬飘上来了,我一面看着,一面候着。

"水开了哦!"

赵家伯伯隑_{斜靠}在竹椅上,一叫就醒转来了。伊退休了没几年,面红堂堂,气色非常好,面孔上皱纹一条也没,只板刷头墨墨黑,一根一根竖着,看起来老_很硬的。伊看见我头一句闲话总归是:"蓉蓉在楼上做功课,侬上去好哉。"

我头摇摇,勿晓得为啥,听故事顶好是一个人听,赵蓉在边上就勿哪能_{怎么}扎劲_{有劲}。

热水瓶里茶冲好了,赵家伯伯保温杯里茶叶茶也泡好了,我边上只小矮凳上一坐,头颈伸长等着。赵家伯伯眯眯笑,咳嗽两声。伊的宁波话轻悠悠的,勿像阿拉屋里头阿爷阿娘讲起来乒乒响,所以伊讲到吓人地方老寒毛凛凛的。

这天,我进去辰光一呆,坐在竹椅上的是赵蓉,人朝前头趋_蜷

缩着,两只手绞花_{交叉}搁在脚馒头_{膝盖}上,盯牢煤炉里的火在想心事。可能是棉袄没穿,只套了件蓝颜色绒线衫,人看上去老单薄相的,像一记头_{一下子}小了四岁,是伊一年级刚刚读书辰光的样子,像只小鸡。

我进来,伊勿听见。"佛阿爷呢?"

伊又盯牢火看了一歇_{一会儿},眼光收转来对牢我。眼睛里一闪一闪,像火光留在里头了。

"侬胆子大哦?"

"侬也会得讲故事的?"

伊勿马上回答我,又看了我一歇。"阿拉阿爷讲拨_给侬听过哦,伊小辰光,在黑猫舞厅里做过小郎的。"

我头瞕撘撘_{敷衍}。矮凳拖过来坐在伊边上。"吓人哦?勿吓人,阿拉勿要听的噢。"

"小郎侬晓得哦,分好几种咪,相帮汽车开门的叫汽车小郎,舞厅门口头拉门的叫拉门小郎,拉小提琴、吹萨克斯的也有小郎的,再有舞女小郎。"

舞女,我马上懂经_{明白}了。学堂里老师、屋里头大人从来勿曾提起过。在上海滩,这个词被扫荡多年,像衣裳上的血渍,就算汰了再淡,就是汰勿脱。

"黑猫舞厅里有个舞女,叫曼璐,舞女就是被人家腰勾牢了蓬拆拆的,还有一个叫王司长,日日来捧伊场的。司长嘛,就是高级干部。王司长一米六五,在30年代人勿算矮了,金丝边眼镜,镜片是圆的。"赵蓉食指和大拇指圈起来凑在眼睛前头,我看了笑出来了。

"王司长是穿西装的,头发中分,头势蛮清爽的。"曼璐卖相_{外貌}哪能,赵蓉没讲下去。我开始瞎想八想舞女啥样子,想发想发_{想着想着},想到女特务去了,香烟叼好了,穿双高跟皮鞋,走起来腰一扭一扭。讲闲话嘛,嗲溜溜嗲溜溜的,身体又长又细,就和边上坐的这个人差勿多。

"这天夜里,伊拉开了瓶香槟酒。香槟酒嘛,和汽酒差大勿多,味道比汽酒赞,就是容易吃醉。王司长刚刚吃了两口,曼璐就等勿及了,伊晓得王司长帮伊新买了只猫眼戒指。戒指是明朝生日礼物,囥_藏在房间保险箱里,但是伊现在就想戴戴看。王司长拗伊勿过,只好到楼上去拿。曼璐等啊等,等了三只曲子,又是两只曲子,香槟酒已经勿冰了,温吞吞勿好吃了,王司长还是勿转来。伊就派阿拉阿爷到饭店里看看去。舞厅朝西走,有条过道,通后头的赫德饭店的。阿爷到前台一问,王司长是乘电梯上去了。电梯呢,停在六层楼勿动。阿拉阿爷勿是电梯乘上去的,是扶梯奔上去的。饭店里规矩老大的,客人电梯伊拉是勿好乘的。六层楼到了,开电梯的叫阿根,伊隑在电梯门上,盯牢对过 620 房间。阿爷问伊王司长人呢?阿根眼梢朝对过甩过去,意思里人还在里头咪。阿爷只好再奔下去,曼璐一个人坐在位子上脚跷着,面孔上老红老红的,一大瓶香槟酒全吃光了。伊差阿爷再跑一趟去。阿爷噔噔噔六层楼又奔上去,看见阿根耳朵贴在门上,一面听,一面对伊头摇摇。里向头毕毕静,声音一点也没。阿根叫阿爷喊朱经理上来。阿爷勿敢去,朱经理对伊拉老凶的,连得笑也勿笑的,头上发蜡搨_涂得来像块黑玻璃,面孔上一只眼睛总归是眯着的,伊看人就是用这只眯着的眼睛看的,老吓人的。"

赵蓉一只眼睛眯起来。我觉着勿哪能吓人,勿想听下去了,真的勿听嘛,心又有点痒。

"阿爷讲还是喊领班哦。阿根定规要伊喊经理上来。朱经理一歇歇就来了,问清爽王司长是上来拿物事来的,外加关照过阿根,电梯勿要下去,马上就来的。哪能进去了没出来过,已经三刻钟过脱了。朱经理长衫拉拉挺,人在门口头立了笔笃直,笃笃笃,笃笃笃,敲门,里头没回音。敲了十分钟,还是没人开门来,朱经理一面自家和自家讲闲话——哪能敲勿开的啦,一面一串钥匙摸出来。门开进去了,王司长人勿在。阿爷松口气,伊当要看见死人咪。"

我也松口气,马上又觉着上当了,一点也勿吓人的。"赵蓉,侬辣在摆啥噱头啊?"

"房间里只要是开得开的地方,大橱咾,夜壶箱咾,全开开来看过了,是没人。"赵蓉人朝前头缩了更加紧了。"朱经理问阿根,阿根一口咬定自家半步也没走开过。朱经理钻到床底下又看了一遍。只有只空酒杯滚在里头。朱经理拾起来了,闻闻看,随手茶几上一摆。一只手轻轻在头上撸发撸发,像蛮笃定的,就是面孔白了像无锡苶白。阿拉阿爷一记头清爽了,一个介这么长介大人就这样勿见脱了。"赵蓉背脊挺起来一点,芭蕉扇朝前头一甩,一阵风扇过去,煤炉里火苗摇了一摇,劈力拍辣响起来,火星像红蛾一样飞入暗处勿看见了。

"蝴蝶警来了哦?"我小辰光,"户籍警"听成"蝴蝶警",蝴蝶警就代表人民警察了。

"前前后后毛近两个月,静安寺捕房,还有包打听,还有杜先生手底下头的人,老多高手来过了。阿拉阿爷讲,《申报》头版头条登出来的,标题这样粗喏,"赵蓉食指伸出来,比了一比,"九个头字:王司长升天稀奇稀奇!侬晓得稀奇在啥地方哦,门没开过,钢窗全是关好的。钢窗还请外国人查过了,只好从里头关,人在外头是没办法关起来的。房间里只有只冷气口,大小嘛,只有这把芭蕉扇一半大,一个大人肯定钻勿出去的呀,就算我也钻勿出去,要末是只猫。"

"王司长被人家杀脱了?"

"反正地板上墙头上一滴血也寻勿着。"

"是强盗来抢猫眼戒指!"我一记头灵清了。

"戒指还锁在保险箱里头呀。奇怪哦。"看见我勿好意思舌头拖拖,伊朝我笑笑。勿晓得为啥,看起来像苦笑。

"有只地方漏脱了。"

"抽水马桶是哦?"我非常神抖抖神气,上个礼拜日,我到浦江饭店吃喜酒去,逛躲到客房里开眼界了。

"是镜子。"

"啊?"我也觉着镜子蛮神秘的,好像另外一个世界。我试过老多趟了,人是进勿进去的。

"每一面镜子配一把钥匙。钥匙拿对了就好进去了。"

"侬有哦?"

"马上会得有的。"

"真的啊?"我勿大里相信。"葛末那么侬带我一道去噢。"

"嗯。"伊人坐直了,小手指翘起来,面孔被火光照了通通红。

"勾勾回回拉钩。"

3

眼睛一睏眨,过年了。又是放炮仗,又是鱼肉三鲜,连得水仙花看看也会得捂心开心的,这只故事老早忘记脱了。

四月份了,这天功课老多的。阿拉爷娘是双职工,没这么早转来的。我肚皮饿了咕咕叫,做到一门应用题,随便哪能也做勿出了。我扶梯下去,去敲隔壁头后门,敲勿开。再回上来,太阳光老淡老淡了,但是空气明亮了,吸进去肺里头觉着老瀴的,人一记头精力上来了。

哪能从房间里消失呢?

大橱镜子上,我先拿房门钥匙试试看,勿来事不行,再从抽斗里搢翻出来老多铜钥匙铝钥匙,也勿来事,没只地方是钥匙好插进去的。勿当心镜面上还划出来一道印子,又要被阿拉娘吃排头骂了。

摆啥噱头!还是从窗口里翻出去的,再用啥巧办法拿窗閛关上的。我吃饭台子拖过来,上头再加只方凳,踏在上头从老虎窗里翻出去了。

我第一趟爬到屋头顶上,眼门前世界变了,变了新奇,有趣,色彩丰富。工厂里的办公楼,墙面上贴的是土黄颜色的马赛克,看起来刚刚汏过,就像语文课里教的:水灵灵的。学堂里已经降旗了,挺下来一根旗杆光秃秃的,颜色灰扑扑的,学堂和阿拉屋里隔开五条大弄堂了呀。还看得见马路一只角,电车咾,脚踏车咾,速速速,一部一部过去。

我东眺看西望,白相玩了开心煞了。眼梢甩过去辰光,啥亮光一闪。我捷转头,亮光又闪了一记,是赵家玻璃窗里头。我轻手轻脚爬过去,赵蓉肯定在白相啥好白相物事,小气鬼,怪勿得门敲勿开。

老虎窗上两块窗帘布没拉胞缝严丝合缝,当中有道一公分阔的缝道,我眺进去,亮光一闪,光是白的,白了老刺眼睛的。

三层阁当中,摆了只紫红色大脚盆,里头半脚盆水,一动勿动像面圆镜子。勿看见热气飘上来,应该是冷水。大脚盆边上是只高脚竹椅,碧碧绿,老早勿曾看见过,比灶披间厨房里赵家伯伯坐的这只精致多了。

赵蓉立在大脚盆和竹椅当中,离大脚盆更加近点。两只腿像西郊公园里的羚羊一样又细又长。太阳已经落山了,腿上勿晓得啥地方来的一层淡淡的金褐色,一直蔓延上去,最后隐藏到白色三角裤里。

我胃里头恶心洋洋的,酸水疲上来。脑子里头混沌沌又老兴奋的。伊小肚皮有点朝里头凹进去的,肚脐眼是长圆形的。

三角裤非常小,好像硬劲绷上去的,靠下头的地方有两条皱痕。这条三角裤要是让我穿,肯定绷得来尿也射勿出了。我突然就想射尿,像憋了好几个钟头了,又麻又痒吃勿消了。

连衫裙是红的,赤刮辣新全新。是套头穿上去的,所以伊要脱下来,先要慢慢朝头上拉上去。现在卡了一卡,裙子腰身的地方罩在面孔上了。伊上半身老瘦的,和下半身比起来像小了一圈,肩胛上瘦了骨头全凸出来的,胸口戴了只白布胸罩,看起来有点怪里怪气。伊气力用足了一拉,像光火了,连衫裙拉下来朝地板上一抛。

我吓一跳,当被伊看见了。想马上就逃,眼睛一记头又移勿开。胸罩上半圈勿攓_{紧贴}肉,朝外头豁开来老多。一看就晓得,这只是大人戴的。

胸口左上角有块红颜色胎记。这个辰光,亮光又闪了一记。我反应过来了,是照相机闪光灯。我觉着自家像只蝴蝶被人家钉牢做成标本了。这个勿是打比方,伊个辰光真的觉着有一根冰冰瀴的钢针,在我尾桩骨上戳_戳下去。

伊勿是门关起来在汏浴。房间里除出伊,还有另外一个人。我看勿见,是因为这个人就在我脚底下头,和我隔了一层笪坡_{屋顶斜坡}。

伊食指勾在三角裤宽紧带上,腰弯下来要脱裤子了,人有点朝前头伛_{曲背},眼梢正好朝窗帘布上甩过来。我一记头蹿出去了,蹿到屋里头,一面发抖,一面穷哭百哭,哭了结棍做结棍_{再厉害},就是发勿出啥声音,喉咙像肿起来了。

4

隔日早上,我迟到了。在教室门口喊了声"报告",头沉倒了进去,龛_{转目偶见}着赵蓉对我笑笑,眼睛还瞇了一瞇。我头沉了更加低了,装了勿看见。我位子上坐好了,头还是沉着,屁股只坐半只,两只脚并拢离伊远点。我觉着伊人一僵,好几分钟一动也勿动。后首来_{后来},人好像在发抖。

一个礼拜还没过了,两个同学就小道消息传得来了,赵蓉想调位子,老师勿同意,批评伊忒娇气。

我晓得了也呒啥特别感觉,脑子里是空的,除出一只镜头一径在放:伊还在脱,闪光灯还在打。等伊脱光了,闪光灯还是一闪一闪。这种照片是让啥人看的?伊哪能会得这么下作,肯拍这种照片?

六一儿童节下半日,电影看好转来了,我抢在大家前头,从隔壁大弄堂兜进去,省得两个同学啰里八嗦问我啥事体勿和赵蓉一道走。

我从大弄堂兜到第三条小弄堂里,在弄堂转角地方,看见赵蓉后背心隑在墙头上,眼皮微微翘起来,眼睛黑了像眼白也没了,深邃,疲惫,盯牢我。连得阿拉娘这种岁数,也没这种眼神。

随便哪能也想勿到,伊会得走在我前头。想调头来勿及了,我立定了,屏_{拖延}了一两秒钟,硬了头皮朝前趑_{身体摇而蹒跚}了小半步。

"最后只儿童节了呀。"

我勿晓得哪能接口好,勉勉强强"嗯"了一声。我看见一只书包,在伊脚边头水门汀上。今朝又勿上课。

"我晓得有部公共汽车好开了老远老远的。一直好开出上海的。"伊讲的辰光,面孔勿是朝我的,是对牢石库门高墙当中一线天讲的。讲好了,伊书包背起来,自顾自走了。我就跟上去了。

大约摸走了半个多钟头,阿拉去的这条马路老偏的,人也没一个,马路对过一部巨龙车停着,车子上颜色是一条白一条橘黄的。上街沿上,铁栏杆是深蓝颜色的,拿坐队立队隔开来,看得出此地是终点站。我朝站头牌子上瞄了一眼,上头一站一站名字密密麻麻。

伊后门上去,立在第二格台阶上。"车子要开一夜天了。明朝早上再才好到。"

我头搭搭点点头。看见我上来了,伊人马上朝边上一让。

已经勿是柏油马路了。烂泥路上,光是偏暗的淡黄颜色,从公共汽车两只大眼睛里照出来,灰尘扬起来,从车头挡风玻璃里望出去,像昏黄油彩一样揾在夜里的冷空气里。

赵蓉眼睛闭着,像眍睡着了。书包横在脚馒头上,两只手当当心心揿在上头。

从边上窗口看,灰尘暗下来了,像一阵一阵浪头打上来,车子像开到海上去了。声音毕剥毕剥,像海烧起来了。

连阿拉一道,一塌括子总共就三个乘客。另外一个是卖鸡鸭的,坐在阿拉前头三排,在过道里摆了两只空的铁笼子,老多鸡毛鸭毛搭在上头,老气味的。伊在咬啥物事。看起来像只冷粢饭团,咬了老起劲的。

可能伊书包里带了点啥吃的物事哦。我饿是蛮饿的,又开勿出口问伊讨。路两面全是田,菜叶子上有一层幽淡的光,像鼻涕虫爬过的。夜色稀释一点了。

大约摸八九点钟,公共汽车停下来了。三扇门全开开来,司机驾驶室门一开先跳下去了,卖鸡鸭的男人也拿铁笼子拖下去了。我跟在赵蓉后头下去。四面老静的,只有风的声音。衬衫被风一吹,贴在身上,身上一冷,像块薄冰。

伊两只手拿书包抱在胸口头,在前头走了老快的,像要甩脱我。我在后头追伊,追了蛮吃力的。烂泥地里老滑的,脚踝老是一扭一扭,跑鞋撑大了,露水落在鞋帮和袜子空隙之间。

小河浜上搭了三块石板,原来是一顶老小的桥。桥过去,前头是竹林子。再朝前头去,是树林子,树老矮小的,上头结的一粒一粒物事,像青灰色珠珠。透过一重一重树叶子,天上月亮还看得见一点。伊就是勿朝光里走,啥地方顶暗,伊就朝啥地方走,暗得来,地上连影子也没的。

突然,伊脚步声停下来了。

我一记头撞在书包上。伊马上跳开了,看样子里头有啥物事,怕我撞碎脱。

"转去哦。"伊朝亮光里走。月亮光照在伊头发上,从头顶心到肩胛上亮晶晶的,像冰糖粉洒过了。

我心定了,闲话也多起来了,全是七搭八搭的废话。要是晓得伊就要到另外一个世界去了,我应该拿心里话讲出来。

这个时代的上海滩,半夜里只有工厂区灯光锃亮,还有点像不夜城。真的到了市中心,街道像沉寂在一座空城里,房子就像水泥模型。马路上毕毕静,在路灯下头,伊只影子拉了特别长,长了吓人,像一个陌生人的影子。

这个辰光,我还勿晓得这幢大楼就是赫德饭店。伊领我后门进去,我还当是到伊拉亲眷屋里过夜去咪。

里头黑洞洞的,有一股寒气,温度好像比外头低十度。我还在想,哪能住在这种地方,阴气这么厉害,和一部盗墓电影里的古墓老像的。

第二日,是警察领我来的。我发现就算大白天亮,就算从正门进去,里头也是阴丝丝的。一个胖警察讲给我听,饭店是在伊小辰光,62年关门的,招牌拆下来,上头的霓虹灯灯管送到少年宫去了,酒吧间长吧台劈脱,当柴爿烧脱了,房间分给几只单位里的职工了。这两个月,住在里头的人搬场搬出去了,此地要改成招待所了。

底楼和二层楼没灯的,木屑屑和香蕉水的气味老厉害的。我想大概是啥人家屋里在装修哦。我摸在扶手上慢慢走上去。伊在前头走了老快的,看得出对此地老熟悉的。三层楼起,从左手过道里,电灯光斜着照过来了,大亮勿亮的,最后照到的地方离扶梯还有两三步远。但是台格模模糊糊看得见了。阿拉一直朝上走,四层楼过脱,我有点走了七荤八素了,弄勿清爽到底是几层楼了,可能到六层楼了,也可能是七层楼。

阿拉总算转弯了,朝过道里去了。我眼皮瞌瞌睏睏,眼睛老早睁勿开了。想勿到有灯的地方更加吓人,过道长得来,像走勿到头一样,两面是一扇一扇房门,看起来就是老薄一层木板。隔几扇房门,墙头上总归有只壁灯,带只玻璃灯罩的,灯罩上全是灰,电流勿稳定,光一闪一闪,真的和电影里墓道一样。

前头扇房门,伊停下来了,左手稍许抬高点,手指头伸出来顶在门上。门上油漆写的是620,我看是看见的,就是一点没反应过来。

"侬钥匙带了哦?"我觉着伊在犹豫,样子勿像要敲门。

伊点点头,手再朝前头伸,手心贴在门上,轻轻一推,门就开开来了。我老奇怪的,啥人家夜里睏觉门也勿锁的啊。

"阿拉勿进去啊?"看见伊立在门口头勿动,我耐勿住气了,人转过来转过去,东眱西望,背后头是老式电梯的铁门,铁条一根一根张开着像只网,里头老暗的,总归觉着有啥野兽关在里头。

"侬来哦?"

"来的呀。介晏这么晚了,也没地方好去了呀。明朝伊拉问起来,阿拉就讲在㑚亲眷屋里白相了辰光也忘记脱了,就睏在这里了。"

"明朝就勿在这个世界了呀。"这么多年了,我想了一遍又一遍,还是吃勿准,这个一句,伊到底讲过哦。

"啊?"

"阿拉勾勾回回过的呀。"

我呆脱了。再看见门里头是只空房间。看起来空荡荡的,但是里向头有种眼睛看勿见的乌云浮在半空当中。伊讲过的故事,我倒一点没想着,只觉着踏进去了,就踏到半空里去了,里头只有黑颜色,而且黑颜色勿分深浅,永远是一种,"啊胡"一口头吞我下去,勿会得再吐出来了。

伊踏进去了。

我没喊牢伊。这点我记了老清爽的。

伊也没回头,就是身体有一点点侧着,手搭在门上,静静候着。

门关上了。无声无息。

我立了勿动,多少辰光过脱了,我也讲勿清爽,只晓得两只脚发麻了。

"赵蓉?"我喊了一声,连下来哭出乌拉一口气喊了十几声,顶好边上两只房间有人听见了,好出来帮帮忙。越是喊,越是吓。没人回答我,这幢楼里没别人了。我老想别转屁股就逃的,又勿舍得拿伊一个人丢在这里。

我跌跌踵踵靠上去,走起来是外八字,像大闸蟹一样的。想进去又勿敢,在门口搲拖延了老长辰光。人嘛,有点摇记摇记。可能是臂撑子抬起来勿当心顶了一记,也可能是电梯井里一阵风刮过来,门开了道缝。

灯用勿着开得的,我也晓得里头没人了。房间里空气像调过了,沉寂下来了,黑暗勿像刚刚这么吓人倒怪了。我踏进去,橱没的,床没的,家生(家具)一样也没的。右手里只小房间应该是卫生间,门也没的,里头也勿看见啥抽水马桶。

窗帘布没的,窗玻璃像电视机刚刚关脱,屏幕隐下去了还带一点点亮光。我走到窗口头,钢窗全关好的,望下去,下头的黑颜色马路好像橡皮泥搓出来的,细细长长的。

从窗口头回过来,我再看见赵蓉只书包就摆在地板当中,没扣好。翻开来一看,里头勿是上课的书,只有张申报纸,拐(折叠)了老皱的,像包过啥物事的。我头抬起来,对过墙上朦朦胧胧的,有一块微弱的亮光。

是面镜子。

我急了哭也哭勿出。是在做恶梦哦。我调转头冲出去,好像吸着啥毒气了,胸口里堵了实结结的,勿马上呼吸点新鲜空气进去就要翘辫子(死)了。

我奔啊奔,十七八条马路奔过去了,总算碰着条有点印象的。等我奔到弄堂口,看见阿拉屋里和赵家屋里,再有边上和对过好几宅石库门灯全亮着。对我讲的事体,阿拉爷(爸爸)一句也勿相信,上来就是一脚头拿我拘(踢)出去。我痛了像只漏气的皮球撞到墙角里弹勿转来,粘牢了。阿拉娘也吓煞脱了,横关照竖关照,关照我闲话勿要乱讲。

赵蓉失踪了是真的。我讲的,派出所是相信一部分的。要编故事,这个年代大家没这种想象力,小学生也没这种胆子。这个年代也呒啥监控探头和 DNA,破案就凭三点:小道消息;目击者;指纹。

620 门上,赵蓉指纹是有的。但是阿拉是半夜里去的,没人碰着过阿拉,指纹也可能是老早留下来的。地板上有阿拉两个人的鞋子印子,也没办法证明是昨日夜里留下来的。房间里没血迹,也没搏斗过的痕迹。

赵家伯伯是十二岁到泰丰南货店里学生意去的,没在黑猫舞厅做过小郎。这只故事,伊拉喊我讲了几十遍,觉着故事口气勿像小朋友的,内容也和小朋友远开八只脚。

派出所到学堂里去过了,弄堂里老多人家也去过了,再到附近工厂、商店、饮食店、自由市场去问过了,没听啥人讲起过这种故事。

照片、底片、照相机一样也没搜出来。

赵家有把菜刀勿见脱了。派出所非常重视这条线索。但是这天夜里八点钟起,赵家伯伯就和阿拉爷一道出来寻阿拉了,没作案时间。

接到派出所电报,赵蓉爷娘_{父母}从马鞍山赶转来了。我在晒台上看见的,在垃圾洞前头,无锡好婆和赵蓉拉娘咬耳朵。隔了两分钟,赵蓉拉娘就冲到阿拉屋里吵相骂_{吵架}来了。

阿拉爷一直在吃香烟,勿开口。阿拉娘实在屏勿牢了,乱出来一句:"还钞票!"赵蓉拉娘人一记头呆牢了。当天夜头,赵蓉拉娘就搬出去住旅馆去了。赵蓉拉爷第二日一早就拎了包转去了。

国庆节过脱了,晓得赵家伯伯已经从派出所里放出来了,还住在隔壁头,我勿相信,几个月没碰着过伊了呀。后来,听人家讲伊是半夜里两点钟下来倒马桶的,五点钟小菜买好上去了。别的辰光出也勿出来,烧小菜用的是火油炉,衣裳汰好了也是晾_晾在房间里的。

　　这天我做着只梦,一个人变成一只暗灰色的半透明的影子,扶梯走上去,到顶了,门用勿着开得的,就穿进去了。

5

　　有常时_{有时候},我也在想,天下世界到底有过赵蓉这个人哦?肯定是有过的,因为心痛的感觉一直勿变。

　　96 年,我花脱一万一千块组装了一台 486 电脑,开始拨号上网。只要一听见拨号音"嘶……吱……嘎……",我心就一宕,像在叫我名字,因为是从另外一个世界里传得来的,重重阻隔让伊变形了。

　　外文辞典,我连得斯瓦希里语也买了,一面查辞典,一面搜各种和镜子搭界的网页,有点价值的就拷进去,共总拷了 800 多张 3.5 寸盘。我还成立了一只聊天室,名字就叫"开镜子的钥匙"。里头在线人数顶多的辰光,有得 1700 多个人。大家一致认为镜子是两个世界的重叠点。

　　一直到第七年,搜着这只帖子的一刹那,气管像被塞牢了,只挺_剩下来一道老小的缝道,横吸竖吸,肺里头进来的氧气总归勿够。

主题:吸血钥匙
查看:11丨回复:0
1#狂野女王 2003-11-3 00:31
商品描述:
水晶杯。
商品价格:
个人所有的身份文件。
商品信息:
立在镜子前头,右手托在水晶杯杯底下头,让水晶杯贴在镜面上。这只杯子在镜子里是看勿见的,但是左面对称地方会得出来一只一式一样的水晶杯。左手从镜子里拿伊慢慢拿出来,右手里的杯子会得自家慢慢移到镜子里去。乃现在右手空脱了,杯子在左手里了。

水晶杯举高了,对准心口头。血会得流到杯子里去的。

一杯一杯都要吃光。镜子会得开开来的。这种消失方式顶清爽了。

注意事项:
镜子里去了,是回勿转来的。
交易方式:
有需要,请发站内消息。

就在快递盒头里。

我一只角撬起来,眈进去,没看见杯子。里头用泡沫塑料、充气袋袋包装了非常好。

杯子容易碎的,所以赵蓉拿伊申报纸裹好了,放在书包里。

　　赵家伯伯在黑猫舞厅里做过还是没做过其实勿哪能要紧,只要这天夜里,伊是到赫德饭店里去了,可能是帮南货店送货色去的,也可能阿根和伊是要好朋友,伊是看朋友去的。王司长失踪,大家六缸水混_{混乱}的辰光,伊踏到房间里,看见水晶杯就顺手牵羊了。后来,"钥匙"的秘密被伊弄清爽了。

　　30年代也有人卖这种钥匙哦。更加大胆的假设,水晶杯就是曼璐关照赵家伯伯代买的。

　　伊只老变态,一面用孙囡满足伊,一面担心孙囡人大起来了,终有一日要跳出伊手掌心,到辰光事体蛮可能要穿绷的。80年代严打,这种情节恶劣的是要吃枪毙的。还是利用伊想逃到另外一个世界去的心理,给伊这把钥匙,让伊自家乖乖消失的好。这天夜里,伊一直在灶披间里忙到八点钟,后头又一直和阿拉爷在一道,做功_{表面文章}做了非常漂亮。现在社会上,常常拿高科技犯罪讲了像高智商犯罪。赵家伯伯才是真正的高智商。

　　赵蓉消失的夜里,我胆子忒小了,极了冲出去,没发现这只杯子。伊被别人家拾得去了。可能就是这一只哦。

　　"我钥匙有了!"我在聊天室里留下来最后一句闲话。电脑直接关机。

　　我拿翘起来的这只角压下去,透明胶得得_{粘粘}好。勿到房间里,我就勿拿出来。好事体来的辰光,常常会得节外生枝。

　　从王司长的时代算起,七十几年过脱了。黑猫舞厅老早拆脱了,老地方游泳池造过一只。游泳池也拆脱了,又造了幢写字楼。

　　赫德饭店倒还在。我照片看过的,外墙老早是红褐颜色的,现在褪色了，红里头泛出来白颜色和淡黄颜色。二层楼起每一层有阳台，阳台转角是圆的，老式审美观点，勿像现在的阳台全是长方形的，棱角分明。

620房间，还是轻工业局招待所的辰光，我就几百趟住过了，趟趟开夜车，试验哪能好拿镜子开开来。长包，我没经济实力。一想到别人家住在里头，就觉着这个人像睏在我和赵蓉当中。

两年前头，招待所被精品酒店集团买下来了，改造消息传出来，我就没一日天好睏过。在这个前头一年，阿拉爷退休了，在舞厅转来路上出事体了，被砍了三十几刀，还没送到医院抢救就勿来三不行了。一个阿婆，是夜里出来摆茶叶蛋摊头的，伊讲凶手老瘦小的，样子像初中生。但是在对马路，伊也吃勿准。警察觉着这么多刀，勿像是强盗抢，让我也要当心点。

就算凶手一直没捉牢，我也没这样上心事。担心镜子被伊拉敲脱，我计划做了非常多，哪能拿镜子偷出来。我还在网上搜卖枪的帖子，真的勿来三了，就要硬上了。

酒店老会得赚钞票的，晓得现在怀旧蛮行的，存心在房间里保留老早远东第一国际大都市的腔调，广告里讲，嵌在卧室墙头里的20年代生铁保险箱，浴室里是30年代黄铜热水龙头和铸铁猫脚浴缸，还有一面和30年代淑女等高的穿衣镜。赵蓉就消失在里头。

镜子右上角靠镜框的地方有十几只黑斑，像黑颜色雨点子落在上头。别的地方倒是锃亮。我立在镜子前头，"我"也在镜子里，一副眼镜，镜片像啤酒瓶底，胡子一点勿硬扎，又细又软，一只眼睛大，一只眼睛小，样子和阿拉爷一只模子里刻出来的。

快递盒头,我是摆在地毯上开开来的。水晶杯,就是 XO 广告里的这种。杯子晶晶亮,特别透明,像空气可以穿过伊流动。

和帖子里写的一样。右手托牢水晶杯杯底。这只杯子出现在镜子里左面。我左手伸进去拿杯子,手上微微一冷,杯子从镜子里出来了。

我深呼吸一趟,右手手指头捏拢,松开来,再捏拢,试了好几趟了。右手是空脱了。我右手慢慢放下来,贴在大腿上。

我眼睛睁睁大,杯子举高了。在杯脚的圆柱体中心隐隐约约有一线红意。隔脱一歇,粗一点了,红色细线像温度计升起来了。杯子里有浅浅一层暗红色了,像留在杯子底下头没吃光的红葡萄酒。红颜色晃发晃发晃啊晃的,边沿一圈,老小的泡泡冒出来了。越升越高,越来越亮了。

到四分之一杯,停下来了,一团红光正正好照在我心口头,像只红宝石做的手电筒照下来。

我举杯对镜,吃光了。

嘴巴里倒勿觉着啥血腥气,也勿觉着血是热的。其实血勿是流到胃里去的,是流到虚无去了哦。

想想赵蓉一个人拿这杯酒吃下去,是几化多么孤独,几化心酸啊。

倘使我跟伊一道进去了,这把钥匙,伊可能就用勿着了。因为我是这个世界的钥匙。这个世界也好开开来的,变成一个新世界。自家的誓言,没守牢,这个世界上最后一个人也背弃伊了。

我吃了老快,一杯连一杯。

"我"越来越苍白,浑身上下开始一波一波波动。我两只脚发软,勉勉强强立定,打足精神看仔细,原来是镜面上起了水银涟漪。这个一刻总算来了。从镜子深处,漩涡红兮兮的,转发转发,涌上来了。啥白颜色物事一闪,就像红花当中的白蕊。

白蕊缠在我头颈上,份量老重的。

是"我"的右手。

我只看得见手臂当中一段,比我手臂粗一圈,皮肤又白又硬,像药水硝过了,上头寒毛一根也没,只留下来一只一只老粗的毛孔。伊一拉,我就像陀螺一面转,一面倒在镜子里去了。

我看外头的房间,像在看面镜子。水晶杯从我手上流出去了,正在一氽一氽飘飘忽忽沉到漩涡里去,其实是从旧世界的镜子里浮出来,顺了水银瀑布下去,轻轻落在地毯上。真的喏,廿年前头是我错过伊了。

整只房间在朝左面移过去,一部分勿看见了,像一只夹角在慢慢变小。一个人,瘦瘦小小的,踏到房间里来了,赤膊赤屁股,左手拿了把菜刀,铁锈上一块一块红斑好像陈年血迹。

伊东眓西望,像在寻啥人。身体转过来了,五官蛮小巧,蛮漂亮的,就是眼乌珠眼珠有点凸出来的。有种感觉,似曾相识。两只奶大勿大,蛮挺的,像两只剥壳鸡蛋。

胸口左上角,一块红颜色胎记。

镜子开开来了。

是真的开开来了。镜子原来是扇暗门。一刹那,我心如明镜,廿年前头,我脚底下的笪坡下头,这个打闪光灯的人,就是阿拉爷呀。

　黑暗软下来了,熟透了,我也放松下来了,此地像我屋里。我就是从出生起,一直住在洞里的蝙蝠。

还 魂 记

1

还没看见的辰光,就有预感了,因为心里已经空荡荡了。

小艾在恒隆广场上班。碰着伊加班,我就到西康路接伊。每趟都是伊等我的。看见我来了,伊微微一笑,肩胛沉下来,存心拿上半身绷了老紧的,一摇一摇,一小步一小步奔过来,邪气_{非常}可爱。这个辰光,我像穿越到伊的少女时代了。伊手上拎的灰颜色PRADA 杀手包,也像只布袋袋了。袋袋旧搭搭,软冬冬,里头装的是塑料饭盒子和不锈钢调羹。

好几分钟了。预感越是强烈,两只眼睛越是反应慢。好寻的地方全寻过了,眼睛再勿情勿愿的朝下头睏过去。

小艾头下脚上躺在台阶上,脚搁在当中两格,头仰着快到最底下头一格台阶了,包掼出去三四步路远。只姿势老奇怪的,腰嘛,斜着朝上头拱起来,像垫了只透明枕头,两只脚嘛,前后叉开来,好像正在跨栏,裙子被风卷起来翻了老高。在花坛边上 LED 灯光下头,大腿白了异常,靠三角裤的内档更是带点银光,散发出浓烈的肉欲气息。

我开始撑洋伞勃起了。一面摸手机打120,一面一跷一跷走下去。绝望让我气也透勿过,好像前头就是为我预备的断头台。

伊面孔罩在我影子里,眼睛闭着,嘴巴张开来一点点,嘴唇膏看起来是紫黑色的。

医生讲头一遍辰光,我听见了。医生慢悠悠讲了好几遍,我全听见了。但是听力传到脑子里,变画面了,跟我听见的浑身勿搭界了。医生戴的镜框是金丝边的,胡子刮了老清爽的,留下来一块青颜色,嘴巴角上起了只老小的泡,暗红颜色的,面孔上皮肤非常干,像洒了一层面粉,吹口气,呼,就可以吹脱。

等我真正清醒过来了,勿在原来的楼层了。老长一条过道,里头全是亮晶晶的金属椅子,我坐在上头,对过一排连牵全是门诊室,半夜里空荡荡的。斜对过有一间,门开了一半,里头灯没开,可能是电脑没关脱哦,一蓬蓝荧荧的光像雾气一样的。虽然隔了老远,眼睛趷趷最最里头有根神经被刺了一记,伊一跳,我一痛,眼泪水马上出来了。我心里冰冰冷,随便哪能想勿通,前头是哪能了,哪能会得在受伤害的人身上感觉到性欲?

看见电脑,我想着上网了,查查看外国医院对脑死亡有啥办法哦。坐下来五分钟,我就清爽了,没希望了。清爽是清爽,我就是勿相信。一个传统的中国人,一条路行勿通辰光,就要用奇门左道来搏一记。一只一只链接点开来,全是故事、垃圾、骗子。我就是停勿下来。点开来的越是多,越是感觉到流逝拿我卷在里头,离熟悉的世界越来越远。我只好随波逐流,觉着头混、恶心,像吃了啥药的副作用。

背后头亮起来了。听见橡胶鞋底得发得发黏滞的声音,在过道里跑过来跑过去。是护士开始交接班了。我想电脑应该关脱了,再问问医生去,新的一天,会得有转机的。我坐着勿动,又看了几只网页,又开始搜索,勿停的跳转,我看见红颜色关键词外头的两个词,"魂""P型血"。

整个大陆,登记过的P型血的人勿出十个。我点进去,看好了勿相信,又觉着勿是骗子。对方要的是血,勿是钞票。我也勿是勿晓得,P型血好好叫要比钞票稀奇了。

主题:吸血蚂蝗
查看:41回复:0
1#狂野女王 2003-12-1 00:02
商品描述:
200毫米长,纯白。又叫祭司蚂蝗。
商品价格:
等量的P型血。
商品信息:
魂是可以吸出来、灌进去的。血也是魂的一种载体。
人壳子要作废前头,趁血还没冷,可以用伊吸血,同时拿魂也吸出来。
新躯体寻着了,拿血吃饱的蚂蝗放在上头,血进去的同时,魂也会得灌进去。
最后,本人调了只新壳子。
注意事项:

碰蚂蝗前头,手套要戴好。

吸出来、灌进去的过程勿好中断,勿然精神会得扭曲。

太阳落山了,再可以吸出来。天亮前头,一定要灌进去。新壳子一定要清爽没杂质,也就是里头一滴血也没。

交易方式:

有需要,请发站内消息。

2

气管里插的管子、输液管子全拔脱了。护士拿块老小的圆牌子缚在小艾左手手腕子上,面孔特意转过来,同情的看了我一眼。我捏捏伊只手,软皮搭拉的,勿像人睏着的辰光,手上还是有点力道在的。边上"淅力索落"窸窸窣窣,护士抽出来一只老大的黑颜色塑料袋,和平时用的垃圾袋老像的。我眼泪水又下来了,"啪嗒啪嗒"砸在水门汀上。哪能会有这么大的眼泪水,一粒一粒像夏天雷阵雨的雨点子。

护士可能是跑出去了,门弹转来"嘎"一记关好了。

灯光非常亮,但是小艾只面孔模模糊糊一团。我起只手,在眼睛上一撸,像突然对焦了。伊眼睛闭着,闭了老紧的,眼皮有点皱,眉毛有点点翘起来,像晕车了,硬劲屏牢忍住勿呕出来。人中地方寒毛一根一根竖着,平时没注意过。我人伛下去,拿伊后脑捧起来,还是热烘烘的。我老轻老轻的香亲上去,一面香一面哭。突然,伊头好像偏了一偏。我气也勿敢透,盯牢伊看。隔了两三分钟,伊还是纹丝勿动。

房间里空气冷下来了。我立在边上,虽然已经放手,肌肤上没接触了,也觉着伊体温在下降。我朝门口眺了一眼,手和牙齿一道来,气力用足了,快递盒头扯开来。里头和网上买的海鲜差勿多,上头一块泡沫塑料去脱,看见一包冰袋,冰袋底下头是一只白颜色塑料盒头,长腰腰的,和铅笔盒蛮像的。盒头开开来,里头是一条老长的白颜色蚂蝗,像糯米做的,长度勿止 200 毫米。后面架子上正好有几副橡胶手套,我戴好了,手伸到盒头里,再发现蚂蝗粗细勿对,这一头明明细下去了,哪能又粗起来了啦?原来是两条。对方啥意思,我马上拎清_{明白}了。我一点勿吓,倒有点信心了,精神头也好一点了。

我一条蚂蝗拎出来,摆在小艾手弯上。蚂蝗一点一点胖出来了,身上一丝一丝红兮兮的,有点像嚼过的草莓泡泡糖。慢慢有一只洋泡泡_{气球}这么大了,小艾手臂看起来承受勿住了。我左手捏紧伊手掌,右手挡在蚂蝗上头,让手臂慢慢弯到伊胸口头。

蚂蝗还在膨胀,表面非常光生,像水一样,我的倒影也照在上头了。小艾没像电影里演的瘪下去了,就是皮肤上血色一点也没了,样子一记头老了十岁。

我拿魂糇_{积聚}满了的蚂蝗裹在外套里。解脱一粒衬衫纽子,盒头塞进去。伊头颈里挂的这根项链,是我旧年送伊的生日礼物,名字叫"我心永恒",是一粒红宝石做成一颗心的样子,镶在金圈圈里头。我手套脱脱,项链解下来,滑到衬衫袋袋里去。我花了蛮长辰光,拿伊装到黑颜色塑料袋里。

勿透明的黑颜色刚刚拉上去,拿伊额角头_{额头}遮没了,我又拉伊下来,小艾像泡在黑颜色浴缸里,里头是黑颜色冷水,只有面孔露在外头,在沉睡里沉思。我拿要紧物事抱起来,捷转头,最后望了一望,肩胛拿门顶开来,跑出去了。电梯勿敢乘,在监控摄像头下头,头沉倒,带紧两步跑过去,从过道打弯到扶梯口这段辰光里,发现一只超级大漏洞,根本没考虑过到啥地方去寻"清爽没杂质"的新躯体。

我急匆匆朝外头跑,像一大泡尿憋着。好像只要动起来,办法自会得有的。

马路对过路灯特别高,光洒下来到一半就没了。灯下头的梧桐树,只有树梢头的几爿叶子是土黄的,别的叶子全是灰黑的。我头抬高望了一歇,明白自家其实是勿晓得何去何从。

医院大门边上,24小时便利店门口头,蓝白颜色的灯光里停了部摩托车。一个中年男人,长了瘦节节的,邋里邋遢的,两只脚䀹开摊开坐在车子上,问我:"阿是赶辰光啊?"

我车子跨上去,外套贴在胸口头,到啥地方去还没想出来了。伊头转过来,眼睛通通红,像灰沙夹进去了。"坐坐好噢。"

我闻着一股口臭,老浓的。马上懊恼了,我是在浪费辰光呀。外加这个人有点瘪三腔,做事体肯定勿负责任,万一车子翻脱了呢?

风冷飕飕。摩托车朝北开,车速勿快。一路上,我一直想喊伊停下来。

一股垃圾的臭味道飘过来了,河浜边上桥洞穿进去,一记头暗下来了,隔了一歇又朦朦胧胧亮起来了。亮光是深红颜色的。我头转过去望了一望,啥地方发光还没寻着了,车子停下来了。

"到了。"

我坐着,勿动。

"侬勿是寻人嘛。"

我又坐了一歇,反应过来了,这句好像双关。

我左脚先在地上踏踏稳,右脚抬起来慢慢跨下来,右手腾出来摸皮夹子,脑子里在想,哪能一只手从皮夹子里抽张钞票出来。

我马上想到了,用勿着了呀。伊手伸出来,手上皮肤发青的,皮夹子接过去了,开开来,当当心心朝里头瞄了一眼,笑了,面皮一皱,整只面孔小了一半。我想仔仔细细看看伊,看勿清爽,四面像暗下来了,只看见伊下头一排牙齿是朝里向凹进去的,像被拳头狠狠打过。

我现在应该靠苏州河。来的路上,路牌一闪而过,也没心思看仔细。但是河浜总归认得的。这个一块是棚户区,也开始动迁了,沿街面一排拆了只挺半爿墙头了。我朝里走,走进去几分钟了,里头的矮房子结构完整,灯是暗着的,但是感觉是有人住的。这么夜了,大家全在梦头里了。

我从一条夹弄兜进去。这条夹弄狭得来一个人走,人还要侧一点过来。夹弄到头快了,突然一只小转弯,通到另外一条小弄堂里去了。这条小弄堂只比刚刚条阔半只肩胛。我听见两声狗叫。小弄堂当中灯亮着。

靠门口的天花板上,吊了只赤膊灯泡。里头摆了几只蛮大的纸箱子,箱子里书满了潽出来。我一面门槛里跨进去,一面动脑子,哪能开口好呢?腰弯下来,左手抱抱好先,再用右手手臂拿蚂蝗掰掰牢夹夹牢,这样右手手腕子好动了,从一堆书上拉一本过来翻翻看,流行小说,已经过时了,封面上一男一女在打无线电眉目传情。一页一页翻下去,黏搭搭的,里头滑出来灰尘、头发、粒粒屑屑。封底上有块长方形花纹,蓝里带点绿。蓝,是图书馆钢印,绿,是发霉了。

我书合上了,人侧转过去,立直了。"我想寻人。"我只好这样讲了笼统一点。

房间角落头是部胡梯,靠胡梯下头摆了只柜台,阿婆就坐在柜台后头。白头发稀稀拉拉的,头皮露在外头,淡粉红色的。伊头抬起来看看我,像没看清爽。

我突然想到一点,此地现在是棚户区,老早可能是工厂区,还可能是蛮高级的住宅区,因为东洋乌龟掼炸弹,差勿多夷为平地之后,难民涌进来了,棚户再陆陆续续搭起来。在棚户当中常常有一两幢钢筋水泥的高房子鹤立鸡群,炸弹逃过去了,火着着火逃过去了,原来的功能已经没了,因为在苏州河边上就当仓库派用场了。

"附近仓库有哦?我是物流公司的。""物流"阿婆可能听勿懂,我调了只讲法。"我是借仓库来的。"

"这个侬欢喜哦?"伊立起身,动作老慢老慢的。屁股和竹椅慢慢拆开来,好像本来是粘在一道的。

"啥物事?"我横走,绕开一只纸箱子,走到柜台前头。

伊背佝背曲着,动作是朝前头的,身体倒是朝后头去的。借了人的份量揩发揩发拿抽斗揩出来了,从里头掇出来一只长方形盒子,摆到柜台上,揩布仔仔细细揩了一潽。盒子上一层水还没干,灯光一照,淡咖啡色木头纹路非常高雅、漂亮。

伊手瘦了像鸡脚爪,手指甲里嵌了龌龊,黑黝黝的。我看伊盒子翻开来,原来是只折叠式棋盘,里头是黑白两色棋子。

"正宗黄杨木的。"伊拣了粒白子,摊在手心上等我来拿。

"蛮嗲的。"我看好,棋子摆回到伊手心里。我心焦得来,外套里的蚂蟥也重了抱勿动快了。我又勿想在柜台上搁一搁。

伊头抬起来,盯牢我看了一歇,眼光比刚刚集中<u>交关</u>许多了。

"店里就这点书了?"我先客套一声,"附近仓库有哦?"

我突然又冒出来一句:"冰库有哦?"

伊叹声气,转身胡梯爬上去。我想到柜台里去拦牢伊的,但是手上勿方便。伊已经钻到阁楼里去了。我耳朵拉拉长听着,上头非常静,没搬物事的声音。一歇歇功夫,伊人倒转来爬下来了,非常活络,像个调皮捣蛋的小学生,手上拖了一根线,线扎在一包黄哈哈的物事上,拉一记,这包物事跳一格下来。

一格一格跳下来,好像是活的。

捧到柜台上来了,外头包的是牛皮纸。伊头<u>伛倒拢</u>低头,手抖发抖发,解上头的棉纱线,解了<u>半半六十日</u>很长时间。棉纱线泛黄了,几几乎和纸头一只颜色了。我觉着里头勿像是书,也勿可能是一只新躯体。顶好结果是本地图册。

牛皮纸一层一层摊开来了,里头一叠啥簿子。颜色两样,新旧也两样,越是朝下头去,越是新。伊拿伊拉一本一本排好。

我点了一点,共总六本。最后一本像簇崭全新的,红封面看起来是皮的,蛮挺刮的,蛮洋气。伊头是没抬起来,但是我在看啥,伊全有数的,这本簿子翻开来,里头一个字也没,纸头像奶油一样,就是上头斑斑点点发黄了。

我越是急,越是觉着辰光慢下来了。伊拿另外本簿子拿起来。

这本看上去旧一点，应该是用过的。从当中翻开来，食指一滑，几十页一闪而过，上头字写了许多，用的是几种颜色差勿多的墨水。秀气、温柔，是小姑娘的笔迹。蛮可能是伊的日记本。

停下来的一页，头上一行，日期是五十几年前头的了，天气是晴天。墨迹蛮淡的，光泽已经失去了，像水冲过的。

"这个是啥？"

"阿拉阿妹的日记本。"

"也好卖的啊？"

"伊勿要了呀。"

"阿婆，仓库在啥地方？"我刚刚问好，伊又爬到阁楼上去了。我当伊又要拿啥物事下来兜生意了，几分钟过脱了，伊人还是没下来，再晓得伊是勿会下来了。

一条一条小弄堂全是老狭的，我七八条穿过去了，啥比较高比较大的建筑，连只角也勿看见。我又一口气兜了十几条。有两三份人家屋里头日光灯亮着，电灯光冷清清的，里头也是静悄悄的。就算这样，我也像对这种生活气息久违了。

这条小弄堂勿单单狭，也老短的，大约摸四五步路就从里头穿出来了，门前是一大爿水泥墙头，墙头上一沰一沰阴影，像泥点子溅上去的，我踏上两步看清爽了，是一只一只瘪荡，像凿子凿出来的，可能就是子弹孔。我尽量朝后退，望上去，高大概有四五层楼了。棚户区自家搭出来的私房和伊顶狭是一米里头，顶宽也勿到三米，像城墙拿伊圈在里头了。

我沿了墙头走，到前头转弯角子上，对整只样子有点了解了。四角方方和四行仓库差大勿多，墙头上非常高的地方，几乎接近屋头顶了,隔开几米就有一条竖着的长方形口子,这个就是窗了。窗口小了像电炉上的窥视孔,看勿出上头有玻璃哦,也看勿出里头有灯光哦。

我绕到前头去。伊总算从包围圈里冲出来了,两扇铁门蛮大的,面对苏州河,门口头是块空场地,有台格好下到河浜里去的,离台格勿远,几根水泥柱头一半露在水面上,看起来是只简易码头。

铁门上两只拉手是焊上去的,拉手里铁链条又黑又粗绕好了,挂了把铁锁。我手上没办法发力,只好一面叫、一面踢门。门勿是薄铁皮做的摆摆样子的,踢上去声音老闷的。两扇门关了非常紧。我一只眼睛眯起来,另外一只眼睛凑在上头,啥也看勿出。总归觉着里头勿像有人。

"我就要这本哦。"我旧书店里回进去,阿婆又坐在角落头了,在打瞌睡。我拿这本没写过一个字的日记本勉勉强强塞到裤子后袋袋里。柜台后头墙角落里有把工地上用的钢筋钳,颜色老红的,和救火龙头是同一种红。刚刚应该勿在这只地方,也可能是刚刚勿注意。"这把我也要了。我……钥匙串上这只小狗是九九金的。"

阿婆像只毛落光脱的老猫,正偎在灶台边上取暖。听见声音了,眼睛睁开一道缝。"再有几本……"

"我勿要了呀。"

"我嗨便宜点卖拨给侬。侬统统拿了跑。"阿婆立起身,钥匙串接过去,手指头勿大活络,手劲倒蛮大的,三记两记三下两下,拿小狗解下来了,倒没咬一口试试看阿是真金的。手朝柜台上一甩,钥匙又掼拨我了。

"这把钢筋钳好用哦?"

"勿好用,侬来退。我是有店面的。"阿婆口气硬起来,眼睛里混浊浊的瞖没了亮光闪烁,恶狠狠盯牢我。

3

铁锁有我两只拳头大。我在离门六七步路的距离,寻了只保险地方,万一钢筋钳脱手了也勿会砸着,另外也在视线范围里。我拿蚂蝗外套放下来。

第一记下去,锁柄上出来一只斜切口,亮光光的,滑了像斩开来的黄油,靠边缘堆起来蛮多铁屑屑。我气力用足了,一记一记。辰光勿长,锁就断开来了。我铁链条慢慢抽出来,在地上盘盘好。两只手拿门拉开一道缝,毛估估自家身体侧一侧好进去了。手机屏幕翻过来朝地面,牙齿咬一咬紧,蚂蝗外套抱起来,立在门缝缝前头,面孔先朝里头,让眼睛适应适应。

两分钟了,还是墨黜里黑,一点勿变。背后头风勿停的吹过来,擦了我身体钻到仓库里去了。里头一切还是沉默着,风的回声一点也听勿见,像有只黑洞,只要是会动的物事进来了,马上就被吸脱了。我透口气。牙齿在键盘上咬了一记,手机亮起来了。地上是水门汀,但是踏上去感觉非常奇怪,像踏在老厚的黑地毯上。

突然,地上出来深深浅浅几只影子。

我一记头吓了路也勿会走了,等一歇再看出来,伊拉全是我的影子。

再朝里走,虽然手机亮着,影子像污迹被黑暗吞下去了。仓库一层到顶。在外头看见过的窗口,一只也寻勿着了,应该勿是灰尘,是黑胶布贴脱了,勿然对过私房的亮光多多少少终要透点进来的。

空气稀薄,除脱我之外,还有透明残骸一样的物事漂浮着。

感觉上里头空荡荡的。勿晓得屋顶上搭出来的小仓库有哦?一般这种地方角落头里是有铁扶梯的。我蚂蝗外套捧牢了,贴了墙头走,走走停停,走了蛮长辰光,有得一站路这么远,身上全是汗,连得小腿上汗也会淌下来的。我一只圈子兜好,又回到铁门缝道前头,眼睛闭起来,省得看见河浜对过的电灯光。深呼吸了几记,外头空气清凉、的滑。

又是半圈了。头一歇歇不时就要朝上头扬起来,让手机照的范围尽可能大点。西面爿墙头当中好像勿是水泥的。我停下来,上头有一微微光,是一面铁栏栅。我粗看看,没上锁。一只手试试看,铁栏栅拉开来了。

一只脚刚刚踏下去,就听见"咚"一记,声音非常空旷。是只铁皮箱子。三步到头了。里头呒啥物事。我捷转身照照看,靠我进来的门口头有两只圆揿钮"1"和"2"。

我晓得了,是部老式电梯,蛮可能是上个世纪20年代的电气式,后来改装过的,我小辰光机关大楼里还蛮多的。我立在门口动脑子,其实脑子里是空的。铁栏栅拉上去了,铁条一根一根张开来像只网,网眼是菱形的,拿我罩在里头去了。我是下定决心要救小艾的,但是心里头还是老慌的,觉着自家落到圈套里去了。我揿"1",没反应。揿"2",塑料揿钮亮起来了,里头是粒黄哈哈小灯珠,边上一圈淡绿色的,是铁皮上刷的油漆。

电梯嗡嗡嗡在抖,像只苍蝇闷在玻璃瓶里飞勿出去,在烂撞八撞了。我现在感觉是有点混乱,方向感还有点在的,电梯是朝下去的。

二楼是地下室。一楼这么大平方,倒一样物事也勿摆。我觉着就要看见的,肯定是勿同寻常的。

"隔隔隔"响了一歇,又摇了一摇,电梯停下来了。在手机光线里,我看见白气一蓬一蓬飘过来了,意识到温度非常低。是一只冷库。我巴望一切全是在打朋开玩笑,小艾没事体,我抱在手里的勿是魂吃饱的蚂蝗,摆在冷库里的是猪肉。

我没马上踏出去。立在铁栏栅后头,屏了一歇,这个到底勿是电影。

勿是踏出去,就是回转去,看起来有两条路。要救小艾只挺一条路。我铁栏栅拉开来了,刚刚出去一步路,温度瞬间降下来了。听见喘气的鼻音,声音蛮闷的。伊在黑暗尽头直立着,树一样高,死死盯牢我。我只好静静等着。

伊没扑上来。我浑身发麻,朝前头抖抖豁豁走了两步。地上结了层霜,尽管每一步可以感觉到的,霜在皮鞋底下头裂开来,我两只脚还是像踏空了,人挂在半空当中。

好像有冰块在反光。前头黑颜色淡点了,是只大型货架,一根一根铁结构比大腿还要粗。和这种货架差勿多大小的,我在大卖场里看见过的,就是三层楼高要用铲车拿物事摆上去的,上头是汰衣裳机、电冰箱这种大家电。

伊就是刚刚死死盯牢我的怪物。

我反应过来了,喘气声音是我自家的。因为此地的空气,我一口也勿想吸进去,恐惧又让我失控,像受伤的野兽,一大口一大口吸了非常厉害。货架上一只一只塑料袋,里头裹的物事一段一段像树干子。凄凉无尽,寒意刺骨,但是只好沉默。我任由手机隐脱熄灭。

多少辰光过脱了,我也弄勿清爽。牙齿开始在键盘上乱咬,像在嚼啥物事。又隔了蛮长辰光,手机亮起来了。

周围半米里有点朦朦胧胧的亮光。两只脚大概动过了,我立的地方更加靠前了。塑料薄膜上反射出来一层非常淡的白影子,像荧光粉一样。薄膜里的人体裹了非常紧,若隐若现。

馋唾水_{唾液}酸浆浆的,从舌头底下头涨潮一样涨上来。嘴巴里含了一大口。我硬劲屏着,就要呕出来快了。

有骨头的地方,差勿多就是骨头上蒙了一层皮,没骨头撑牢的地方全塌下去了。譬如面颧骨上原来是眼睛的地方,只剩下来两只老大的洞洞眼了。

边上并排横了另外一具躯体,头发像草枯死了,脆裂了,几乎无色了。一部分面容原旧保留着,面颊凹下去,嘴巴微微噘起来,像有口气在朝外头吐出来,一直在吐,吐勿光的吐,透过塑料薄膜,像白雾一点一点消失在黑暗里。

我舔到伊了。雾气本生就是冰冰瀴的,粘在嘴唇皮上更加湿冷。感觉和前头大两样了,仓库墙头像在朝里轧,拿我越轧越紧。脚下头的水门汀也拿我吸牢了,两只脚像树根生在上头。勿晓得为啥越是牢,越是觉着生命力从身体里漏出去。空荡荡的胃在拼命蠕动,和虚无的战斗只会得失败。

货架三层楼高,每一层又分上中下三格。仓库平方几百几千了，统统装满了。我勿单单是发麻了，浑身在抖，手里头的外套也一点一点朝下头氽。我尽量抱抱紧，腰弯下去了，手机也朝下头一斜，一条手臂荡下来一层皱皮，里头肉已经空脱了。我心里拼命极叫，豪愣马上逃出去，逃出去，但是发现自家还是在朝前头趑发趑发，像断脱一半的蚯蚓还在爬。我要尽量寻只长了像小艾的，顶起码也要是只登样漂亮点的新壳子。

但是，哪能寻得着呢？

一只一只，统统吓得煞人的，想勿出魂灌进去了会得变成啥样子。我尽量分辨是男还是女，从头发长短，再有条干相比之下更加细一点。看到第二排当中，面目狰狞，牙齿龇露在嘴唇皮外头，两只脚腿倒老长的，身材比例里头占了一半。奶看轮廓应该是蛮小巧、蛮紧凑的，虽然现在瘪塌塌像缩脱的柿子一样。应该勿会得难看哦。小艾一直讲，希望更加高挑一点。有第二趟"成人"的机会，为啥勿变变看呢？

塑料袋上又黏又湿，带了股寒气，就算隔了件薄型羽绒衫，还是洇进来了，拿皮肤穿透了，一路洇到肌肉里，像在冬天夜里，我跌到一只采石坑里，坑里黑水积满了，全是须煞脱淹死的浮尸，一个一个肿起来了，压在我身上。

我担心电梯电拉脱了。还好"1"一揿就亮了。踏到上头一层，又担心铁门锁脱了。前头这道缝原旧在。眈着这一线线亮光，肩胛上的寒意减轻许多，整个身心像重新降临人世。离开这个世界前头，居然有了一趟重生。

我拿新壳子横在地上。袋口上扎了根塑料线，一圈一圈绕绕开。我想帮伊衣裳穿穿好，但是刚刚看见的一线线亮光勿是河浜对过的灯光,是天光。辰光勿多了。我塑料袋拉下来一点,让伊面孔到肩胛统统露出来,脑后头还是枕在塑料袋上的。这个是小艾的新壳子,我勿想弄龌龊伊。蚂蝗从外套里抱起来,贴在伊肩胛靠头颈的地方。我衣裳一件一件脱脱,拐拐好,摆在伊边上。

我浑身精赤仔_{赤裸},盒头捧在手里,朝仓库里去。

捷转头,看见蚂蝗一点小一点,颜色越来越深。

我最后一趟望过去,蚂蝗颜色黑黜黜了,像一小根吉娃娃拆出来的污_{粪便}。风一吹,像烧焦的纸头碎开来,在半空当中飘了影迹无踪了。

铁门拉上了。黑暗软下来了,熟透了,我也放松下来了,此地像我屋里。我就是从出生起,一直住在洞里的蝙蝠。

5

伊日记本放下来了。薄边水晶杯里倒了四分之一杯。"有意思。这本日记本,侬啥地方买的?"

"问阿婆买的呀。"我声音老嗲的,听起来像在寻开心。

伊当然勿会得相信的。头抬起来,看牢我,嘴巴角上带一滴滴笑。"伊醒转来了哪能办?"

"只尾巴我还没想好。"

"剧本套路全是差勿多的。自家哪能接受自家,身份哪能办,法律上也没身份。流浪了几日,再转去一看,整只棚户区拆光了呀。"

我看牢自家影子,在杯子里晃荡晃荡,突然笑出来了。"做脱衣舞女呀。伊条子还是蛮挺的。"

伊也笑了,眼神里好像是有爱在的。"侬里头有只伏笔。"

"哎呀,被侬看出来了呀!"这种腔调,我勿是日剧里学得来的。十几年前头,我就是这样发嗲的。

"伊拿蚂蟥摆在小艾身上,最后一趟,手套没戴。伊的魂,一部分哦,也灌到新壳子里去了。"

"小艾被推倒辰光,只来得及看见对方戴根金色领带。男朋友来接伊的路上,正好碰着过这个人的。"

"嗯,要杀的人,就这样寻着了。"伊点点头,吃了一大口,眼睛对我看看,还是想帮我倒杯酒。

看我没反应,伊又开始讲了。"这个男人嘛,是老优秀的,又赅铜钿有钱,卖相外貌又好,还有爱心,养只猫养只狗,可以是大公司的高级合伙人,就是老酒吃醉脱了。这天夜里是商务应酬,勿得勿吃酒,吃醉脱了嘛,一勿当心撞着小艾了。伊自家啥也勿晓得。"

好几秒钟,我勿响,啥也勿想讲,但是勿开口辰光忒长了也勿好。"小艾在复仇过程当中,慢慢爱上伊了。"

"要挣扎,晓得哦。前男友,伊也在小艾身体里咪。"

听见"前男友"三个字,我嘴唇皮咬咬紧。但是,我马上对伊眼睛瞪瞪,样子应该是老调皮的。

"伊催勿停的催,要小艾下辣手杀,小艾呢,也觉着从道理上讲,应该报仇,伊是为了小艾再牺牲脱一条性命的呀,但是又情勿自禁,爱情嘛,还是杀勿下去。"

"这样写好哦,"我眉头皱起来,假痴假呆想了一歇。"接近这个男人的过程当中,在我身体里的一小部分……前男友,发现这个男人是派拉蒙里头一个全球副总裁,就一直劝我先委屈着,等等看再动手,让名字出现在全世界的银幕上,是伊的梦想呀。"

我眼睛睁大,看牢这个男人,等伊意见。"这个挣扎蛮结棍<u>厉害</u>的哦?"

伊好像蛮满意的,添了点白兰地,手腕子拿杯子转过来转过去。"总算拿我也写进去了。"

"再狗血点好哦?"我口气急一点,好像小朋友在黄沙堆里挖出来一块比较大的贝壳碎片,迫不及待要给大人看。"前男友,伊拣新壳子的辰光,拣豁边了,拣了个男人,正好对总裁口味。"

"侬当美国人这么开放啊?还是脱衣舞女对伊拉路子,安排两个人在夜总会里碰着。伊在停车场里撞着几个小阿飞,被揿在轿车前盖上,就要吃亏的当口,总裁出手救伊了,就像阿拉第一趟……"

"我转去写。"我立起身,"啪",一用力,日记本合起来。伊有点奇怪,看看我,勿讲下去了。

我舌头拖拖,对伊笑笑。一篷风走到摆包的茶几前头。日记本摆进去。对里头看看,一罐汽油喷雾一只打火机,压在日记本下头,看勿出。最后,我拿手机摆上去。

"爱,恨,再加上性。"伊眼睛一直跟牢我。"侬勿在我此地过夜了?"

"先拿思路写下来呀。"

"在我此地,侬就没思路?"

"对。"我口气老凶的。

还魂记

伊笑了。"工作狂。"杯子一放,踏上来,力道用足了香上来。

趁伊舌头轧进来前头,我头沉倒了,看起来难为情,其实是恶心。可惜,看见我这副样子,伊更加迷了。

伊手摊开来,揿在我心口头。"阿拉可以到荷兰结婚。侬荷兰欢喜哦?"

伊嘴唇皮朝下头移,在我头颈上香了一记。伊一路香下来。在伊香到项链上这颗心形红宝石前头,我身体转过去,后背心朝伊。

"真的好结婚?"

伊贴上来,鼻头埋在我头发里。"比利时也来事,就是小囡还勿好收养。"

我听见手机震动了一记。"嗯。"我点点头,左手两只手指头一夹,马上从包里拎出来。卖家约好凌晨一点钟交易的。我揿了一记,手机亮了,右手食指在指纹锁上鐾划了一记。

这只 APP 点进去,卖家没新的留言。

我手机上装了五只 APP,全是二手闲置物品交易的。上个礼拜,看见一只折叠式棋盘,和"我"记忆里非常非常像。我要求卖家当面交易。昨日,卖家总算肯了。

卖家可能是一个陌生人,棋盘是碰巧到手的。也可能是我顶熟悉的人。这个是我几年前头乘地铁,看见自家影子照在车窗上,突然想着的。因为"小艾"的人壳子里也是没一滴血的。

我搭扣搭好了,包拎起来,捷转身,在伊面孔上轻轻香一记。"门勿要锁。要是没灵感,我半夜里再过来。"

生命力勿单单是光明,老多人是深海动物,要的是勿见光的海沟。

M 俱乐部

1

天气冷了,梧桐树叶子看起来特别薄,路灯黄光一穿就穿过去了,一爿一爿几乎没绿的了,全是金的了。

俱乐部在巨鹿路上,弄堂口进去,像一条非常安静的小马路,两旁边是一幢一幢灰颜色老洋房,虽然没啥指示标志,也没挂啥牌子,连得门牌号头也没看见,我还是一认就认出来了。

这幢洋房是里头顶大一幢了,的角四方像银行大楼,水泥结构也是非常实墩墩的。底楼顶顶左面,离大弄堂顶远的地方开了扇铁门,门上漆的是红颜色油漆。

我没转进去,又朝前头走了两步,前头后头门牌号头看了一看,对下来是对的,直觉没错。

我右手伸到西装内侧袋里,勃朗宁位置调调正。左手门把手拉牢了,第一记,想勿到门动也勿动。我用了点气力,门慢慢开开来了,里头自然光一点也没,电灯光红兮兮的,看上去像汏照片的暗房。

层高差勿多四米半,天花板上分四块,第一块挂的是手铐,脚铐,狗戴的皮圈,只不过铁刺是朝皮圈里头突出来的。第二块挂的是鞭子,藤条,钢尺,还有几根做工蛮考究的鳄鱼皮皮带。第三块挂了各种工具,奇形怪状的,名字也叫勿出。最后一块上头,钩子统统空着。

地上和天花板上一样的,也分四块,摆了四只玻璃柜台,样子和珠宝展示台差勿多的。我穿过去的辰光,眼角一扫,里头摆了小钢圈咾,小铃铛咾,许许多多小物事,一排一排像摆结婚戒指一样。

四只柜台当中留出来一条十字形过道。过道漆了雪雪白。十字形的中心是只老高的收银台,形状是圆的,漆也是白颜色的,台上除出收银机,还有小塑料瓶装的金色液体,一瓶一瓶叠成金字塔形状。

柜台后头立好了一个男人,皮肤非常嫩,是精心保养过的,眼影是蓝颜色的,腔调有点娘娘腔的。我猜伊刮胡子,剃须刀从来勿用的,一面拿手去一根一根拔下来,一面痛了非常陶醉。

我朝伊点点头。伊嘴唇皮抿起来笑了,人恭恭敬敬弯下来,腰身扭起来像鱼这样软,但是头还是抬着,看牢我,闷声勿响等我开口。

"P老师。"

伊眼乌珠骨碌碌转了两圈,腔调像马戏团里的小丑。

"请稍等。"伊人立直了,移过去半步,腰又扭下去了。原来台面上还嵌了台电脑。伊在电脑屏幕上点了几记,眼睛眯起来看了蛮仔细的。屏幕蓝光像气体弥漫成一团。伊手指头又瘦又长,食指中指各戴了一只仿水晶戒指,在蓝光里幽幽反光。

伊又笑起来了,笑了像五岁小朋友看见巧克力蛋糕一样,朝后头月墙头上做了只请的手势。

打我电话的肯定勿是这个人。我从柜台绕过去,没看见门在啥地方,也没看见啥地方像过道。只有一只橱,老矮的,靠在墙头上。

"谢谢。"我在捱拖延辰光,看看仔细,万一有啥变化,对策要想好。被"痛极"弄了崩溃的人,勿是一个两个了。

"阿拉的鞭子,全是少女手工做的。老师鞭子欢喜哦?带木头柄的短鞭子呢,还是细点的长鞭子?大鞭子又粗又重,勿对老师侬路子的。欢喜藤条的人蛮少的,因为藤条要末在油里浸过的,要末在羊肉镬子里煤煮过的,多多少少有点气味的。"伊眉头皱了一皱。"老师侬买好了,存在阿拉俱乐部里好哦,来了就好用,当老师的私人鞭子。"

我看见了,伊小手指在电脑上揿了一记,两扇橱门开开来了,挂衣裳的两根钢管勿是横着的,是像双杠一样的朝里头伸进去。裘皮大衣一件一件挂了真叫没不透风,味道非常浓。我手指在毛上捻发捻发,假佯头假装老感兴趣的。

伊背后头踏上来,手臂插进去,拿前头几件大衣拨拨开。"脚下头当心。灯光是红外线感应的,马上会得亮的。"伊笑笑。"新年快乐老师。"

从两排大衣当中,我硬劲轧进去。等到两三件大衣在背后头合拢了,右手马上插在内侧袋里,枪柄捏紧了,拉一点出来。我步子勿稳,被黑色浪头卷到东卷到西。像离烧红的铁块忒近了,面孔上是伊拉发散出来的强烈气流。

大约摸走了三四米距离,大衣碰勿着了,人好直起来了。脚下头的路开始宽点了。我手放下来,西装朝下头拉拉挺。灯光从脚下头亮起来了,粉红色的。

　　钢管子还是并排并的两根,朝两旁边扩出去,角度越来越大了。上头已经勿是橱的木头顶了,是水泥斜顶了。

　　再走下去,顶越来越高了。地灯照上来,几千件衣裳在反光。军装上有骷髅标志,也有雄鹰标志;警察制服各种颜色,全是皮做的,女警察的超短裙,裙子侧面是只银光闪闪的警徽;护士制服和平常看见的差勿多,就是红十字大一点;黑色橡胶内衣,铁背心,防火材料和垃圾袋做的紧身衣;一件浴袍是电灯泡做的,我走过去的辰光,电灯泡突然闪烁起来。

　　现在条路,四个人好并排并走了,灯光也是蓝色的了。路边摆了许多大头靴子,带马刺的牛仔靴子,还有古代骑士的铁靴子,靴子头翘起来尖了像把刀。一只黑铁野牛,背上卷毛全是带倒刺的铁勾。墙上贴了点广告图画,颜色全泛黄了,"蒙面刽子手征集死刑犯","欢喜宠物的女人征求宠物到伊的高跟皮鞋底来发嗲","严厉无情的 Madam 审问不良少年"。

　　灯光变苍白了,是吊装在顶上的一根一根日光灯。冷清清的,隔几秒钟闪一闪。这个一块空场地像地下停车场。有扇电梯门,门上绿颜色油漆斑斑驳驳的。电梯门边上揿钮没的。

　　"请进。"声音就是我在电话里听见过的,蛮好听的。男人女人还是听勿出,大概是软件处理过的。没性别的勿快勿慢有种压迫感。灯隐脱了,墨黜里暗。我左眼睛马上闭起来。在右眼睛前头,一长条非常亮的光线越来越阔。

上海夜笔记

　　我头稍许低下来一点,右眼睛现在勿派用场了,左眼睛睁开来,手掌遮在眼睛门前一步一步趖进去,假使头两只眼睛还没办法马上适应。

　　电梯下去了十几秒钟,调成另外一面开门了。踏出去,人在二层楼平台上。皮鞋底下头勿是水门汀了,是光滑、细洁的大理石了。

　　大理石扶梯是奶油色的,弯成半圆形朝两面下去。顶非常高,像在天文台里。吊灯老大一只,像棵树倒过来,金光照下来,在庭心当中淡蓝颜色的喷水池里一闪一闪。装潢了像帝王后宫一样豪华,也像宫殿一样大。老房子地下室勿可能有这么大平方的,起码几幢房子下头挖空脱了。我头转过去看看看,两扇电梯门关紧了,看起来就是整块头雕花红铜板,上头凸出来老多狮子头,每只样子都两样的。应该有另外一条地下通道,蛮可能是地下车道,车子好直接开到宫殿门口头,俱乐部里有人会得过来,拿车子停到刚刚的停车场里去的。

　　我扶梯下去,空气里有股麝香味道,再有股甜了有点黏搭搭的香味道。十几只非常大的皮沙发,上头真丝靠垫一只一只全是铁锈红的,有一层微微的光。茶几上茶具全是金光闪闪的,从光头上看,蛮可能是真金。沙发边上一只一只金鹤立了笔笃直,鹤嘴巴里叼了只香烟缸。只有一样提醒我此地是啥俱乐部,勿是墙上挂的几十幅大大小小的、色彩冲击强烈的耶稣受难图,是每样物事上全没一丝人味道,这个和簇崭全新两样,像一点灰尘也没的古墓。

　　"请老师到吸烟室里坐一歇好哦?老师比预约的辰光早了一点。"

我看了一圈,还是没寻着对讲机盒子。

左面幅画朝里头退进去,开出来一扇门。这样的暗门肯定有老多扇,通到老多只吸烟室里,再有更加多的未知的房间里。

吸烟室墙头是暗红色的,墙上装饰品一样也没。我坐在单人沙发上。沙发皮质非常厚,弹性老足的,应该是整张头水牛皮里顶好的一块裁下来的。沙发前头是只老小的圆台子,台上有烟灰缸、自来火盒子,还有只金摇铃,摇铃底下头是几本照相簿。我刚刚拿起来,摇铃"叮"一记。老快,对过爿墙头移开来了,一个年纪老轻的小姑娘,穿了身猫女郎的皮装,一小步一小步踏到我门前,步子非常轻快。

手里托了只银盘子,盘子里是杯冒气泡的矿泉水。杯子放在台子上,银盘子胸口头一抱,退开两步,面上带笑等我吩咐。此地各到各处全是监控。隔了墙头,摇铃是勿可能听见的。

猫女郎面孔上除出红颜色嘴唇膏,别的一样没揾,几粒老小的雀子斑也看了清清爽爽。

"侬搭这里蛮灵的。"

伊笑了老甜的,就是勿开口,走到我背后头去了。辰光有点长,勿晓得在做啥,我头刚刚要转过去看看看,伊捧过来一只雪茄盒子。颜色蛮深的,亮光光的。盖头开开来候我拣。我手摇摇。伊盒子摆转去了,银盘子重新抱起来,鞠了一只躬,一小步一小步退出去了。门的地方又是爿墙头了。

"老师,"又是这条喉咙。"阿拉为侬准备了一只意大利铁床,18世纪的,带铁栏杆的,栏杆上刻了两句诗:静的辰光像块铁矿石,动起来了,响了像巨人的铁榔头。床没翻新过,红颜色油漆几乎落光脱了……新装修了两只刑讯室,两只地牢。阿拉还有一只酒吧,三只表演台,一只小型电影放映厅,一只急救中心,医生是有照会执照的,全是这个方面的专家。还有只色情图书馆,四万册书,全好外借的。"

我手摇了一摇,表示我晓得此地有探头,请客户快点谈生意哦。

房间里声音一点也没了,空气冷下来了。

头一本照相簿翻开来。头一张照片,是黑白的。一个老小样骨架很小的女人,人也老瘦的,身上只穿了双尖头高跟皮鞋,手里一根鞭子甩下来,威风凛凛。伊两只耳朵特别大,长了这么大,为了拿鞭子的回声听了更加清爽? 一个男人胖了像只猪猡,两只手吊在两只大铁圈里,背脊上刚刚又添了一条红印子,人斜着,朝上荡起来了,像脱离重力了,颗肉不结实的肥肉像肥皂泡飘起来,飞在白茫茫的空气里。

女人眼睛里在笑。是嘲笑,看勿起这只猪猡。男人眼睛被黑胶布贴脱了。

我这本摆下来,调了一本拿起来,从当中翻开来。照片也是黑白的。一个女人坐在沙发上,两只腿叠着,表情若有所思。上半身赤膊,奶蛮小巧的,朝上翘起来的。下半身着的是超短裙,丝袜,绣花拖鞋。一根铁链条拉在手里,铁链条另外一头连在一只皮圈上,皮圈是狗戴的这种,但是现在戴的勿是狗,是个男人。男人匍在伊脚前头,皮背心皮短裤一色头黑的。面孔上化的妆也老浓的,长相应该是女性化的俊俏。眼睛地方被黑胶布贴脱了。我想象得出,伊用柔顺的眼神看牢女主人。

下头张照片,一个女人,人非常长,我估计差勿多一米九了。奶微微有点,俱乐部的女人可能全是这种风格的。人雕塑一样老健美的,特别是背脊、屁股、大腿上的肌肉,像拉力器拉到顶了,手上夹了根香烟,眼睛凝视一个阿胡子络腮胡男人,男人头偏着,嘴巴张了老大,像正在用高音唱一首咏叹调。伊心口头有只老圆的黑点子,是香烟烫出来的,黑点子边上还留了点香烟灰。

这本照相簿我看到最后一版页,好像有滴油在心里头滚发滚发。

我照相簿摆下来,人坐正了。对方也勿招呼一声,一屁股坐在我对过的单人沙发上。

五十多岁的男人,灰黑色休闲西装非常挺括,看得出是高级货。白头发是染出来的,蛮蓬松的,眼镜是紫绛红的,镜框老老大的,虽然盯牢我看,眼神倒是老有礼貌的。右手食指在台面上轻轻点发点发,像在看勿见的琴键上弹奏。

我等着,听伊讲点啥。伊注意力像全在食指上了。

我先开口了。"我挨下来还有事体。"

伊勿回答,像身上有意志的是这根食指,食指控制脑子了,敲出来的节奏就是伊要发的消息。

我听仔细了,勿是摩斯密码,也听勿出是啥曲子。

伊晓得我在做啥了。食指停下来了,眼睛比刚刚亮许多了,好像刚刚这股意志转到伊眼睛里去了。

"生命力勿单单是光明,老多人是深海动物,要的是勿见光的海沟。"伊视线集中在我面孔上,眼角上细细鱼尾纹聚起来了。

"'痛极'就是为了……"

伊像没听见,摸出一只皮夹子,翻开来,调只头,摊在我面前。

伊戴了只面具,造型像只银蝴蝶。眼睛像宝石,在粗糙的,一次成像的黑白快照上也会得闪闪发光的。长头发乌黑,比中分稍许偏一点,朝左面斜着瀑布一样泻下来。真丝袍子是白颜色的,蛮透明的,两只奶立在后头,非常挺,非常光滑,像动物油脂冻牢了,带一点点硬度。奶奶头颜色蛮淡的,我觉着应该比淡粉红色更加淡一点。两只长脚线条非常直。脚上穿的是一双老小的鞋子,也是白颜色的,像跳芭蕾舞的这种,只不过纸头一样薄。

"大多数女人,小腿当中,像突然失去自我约束的耐心,凸出来一块黄鱼肚皮。"伊顿了一顿。"侬想想看,跪在地上讨饶辰光,手指头捏在这种小腿上。"

伊身体朝前头弯下来,手里根皮带弯成一只圈,像加冕一样,要套到男人头上去了。男人跪在地上,头抬起来对牢伊。后背心朝外头,面孔看勿见。从白头发和身材看,就是坐在我对过这个人。

我盯牢面具里的大眼睛,慢慢有颜色了,翠绿的,像宝石烧起来了,光里有一种非常硬的、开过锋的物事,拿我面颧骨上皮肤划开来了。

勿看也觉得着的,客户一直在观察我表情。我尽量勿透气,视线收转来。伊两只眼睛一动勿动盯牢我,只有嘴巴角动了一动,像蛮同情我的。

"五十万。"

我勿响。

伊食指在台面上敲了一歇。"一定要超过我现在的痛苦。"

"侬现在是快感,勿是痛苦。"

"看起来侬有把握了。"伊眼睛里火气也是冷冰冰的。

"最痛苦的,是失去。"我拿皮夹子里的照片抽出来,自来火盒子压上去。"失去里最痛苦的,是亲手毁灭最心爱的。"

我走到门口停了一停。食指又在敲了。这趟节奏更加强,变化更加多,快是快得来,像钢琴曲子里的野蜂飞舞。

2

我差头_{出租车}喊到宝山罗泾,再朝后,哪能走,我就讲勿清爽了。

一条小弄堂口,我看见一团网线挂在房子背面的水泥墙头上,墙头老高的,线绕过去勿看见了。弄堂出来,是条没名字的小马路,两百米里只有一只路灯,暗了像一根残烛。两旁边的房子蛮破落的,斜着,看起来要塌脱了。走到头是爿烟纸店,排门板还没上,里头一小团灯光朦朦胧胧,空气好像老浑浊的。

柜台玻璃磨得来毛脱了,里头摆了点啥也看勿清爽。老板头抬起来,一股酒气喷上来,面孔上皱纹像一把椅子坐了年数多了,上头黄哈哈的油漆蔻_{中间凸起}起来碎脱了。我还没开口问伊,伊就讲给我听朝前头走,到电线木头小转弯,朝码头方向一块路下去,露天垃圾场过去就到了。

这段路十分钟横里_{左右}。一扇大门开着,我踏进去,垃圾臭味道淡点了。四面是老高的墙头,园子里又黑又深,像一眼井。有幢房子,四层楼高,带只地下室。地下室气窗边上有七八格水泥扶梯,狭了只好一个人走。扶梯到头有只平台。就在平台右上角的墙头上,网线和电信盒子又看见了。

我走上去,门推开来老重的,和电影院里填海绵的隔音门差勿多。门一开,里头灯光锃亮,闹猛头势。一个中年男人,喉结和肚皮一样老突出的,挡在我面前。伊肩胛和门框当中留了道缝道,睒进去,顶近的两只台子在搓麻将,围在边上飞苍蝇的有十几个。

中年男人比我高出两只头,头沉下来盯牢我看了蛮长辰光,朝边上靠了靠,算放我进去了。我从伊边头挏_挤进去辰光,伊两只手抬起来在我身上拍过来拍过去,像乘飞机前头的安检。

我朝里走两步,身体侧转来问伊:"吃力了,好上网白相哦?"

伊点点头,讲了倒蛮客气。"酒水饮料免费的。"

应该就是此地了。这个人在网上辰光日夜颠倒。"电脑有几台?勿会大家抢电脑哦?"

"就一台。"伊眼梢朝大厅角落头甩过去,像看见啥触气_{惹人生气}物事了。"㑚自家商量。"

大厅当中是只大台子,绿呢台面赤刮辣新,煞辣势平_{平整},中心一只白球在滚,几十个人哄起来了,地板开始摇了,筹子叮叮当当在响。我闻到一股鸟污和湿拖畚混在一道的气味。

角落头摆了只老小的柜台,算酒吧了。伊贴牢墙头坐着,衬衫外头罩了件暗黄色羊毛衫,上头十几只洞洞眼,有的是旧了烊脱_{熔化}的,有的一圈边焦脱的是被香烟烫的,从后背影看勿像一个搏命的赌鬼。走近了,觉着伊浑身上下发散出疲惫。

我立在伊边上,瞄了一眼。完全认勿出了,除了白头发,但是也勿像染出来的了。眼镜也勿戴了,面色发黄。眼睛里全是血丝,眼神勿哪能集中,飘在半空当中,好像伊的心事颠过来倒过去,无论哪能反刍,一直空白。

柜台里没人。我朝四面看看,勿会有人听壁脚_{偷听}。吧台上塑料托盘里,老小的烈酒杯分四排,倒扣着。我拿了两只,拣了瓶薄荷酒,深绿颜色液体倒进去,黏搭搭的,油一样抖发抖发。我拿一杯摆在伊手边。伊看也勿看。

"勿好意思,一直没回侬 email。"好一口头吃光的,我还是分了三口。"喏,准备好了。"

伊头昂起来,酒一口头下去。我杯子拿拿开,袋袋里摸出来一张打印的 A4 纸,摊开在吧台上。

主题:吸血地图
查看:21 回复:0
1#狂野女王 2003-12-15 00:21
商品描述:
地图册一本。
商品价格:
杀一个侬顶想杀的人。
商品信息:
侬想寻啥,地图册就好领侬寻着。
冬至半夜里,左手右手大拇指划道口子,地图册开开来,捏捏紧,让血勿断淌到上头。一条红线出来了,游起来了。跟了红线走。
注意事项:
人的身体只能承受一趟。

上海夜笔记

交易方式：
有需要,请发站内消息。

伊还是勿看我,连得头颈也勿转一转。眼光没刚刚这么虚了,集中了浅浅一层,像黑色素因为重量朝下头沉淀了。

我纸头阒折了两阒,袋袋里塞进去。"侬手气哪能？21点白相哦？"

伊立起身就走。我跟牢伊,从一只赌场小厅穿过去,扶梯上去,到三层楼露台上。露台三面有铁栏杆围着,灰沙踏在脚下头渐渐萨萨的。风吹过来,带了露水和浪头的味道。前头就是长江口,涨潮声音轻轻的,好像伊是黑黜黜的灌木丛,里头睏了许多鸟,勿愿意惊觉伊拉。

伊两只手搛牢抓牢栏杆,肚皮贴在上头,右脚慢慢跨过去了。我看着,还勿到出手辰光。

冷陌生头突然,楼下头一声咳嗽。墙头阴影里踏出来三只人影子,像阴影伸出来三只手。打火机响了两声,两只香烟头亮起来了。

"侬跑错脱了,扶梯在前头。"立在顶前头一只影子开口了。伊香烟没点,听口气是带头的人。

"当心掼煞脱摔死噢。"

后头一个人嘲叽叽的。"掼是掼勿煞的。当心颈煞脱噢。"

"侬白头发是哦？还是前门跑哦。"口气老客气的。伊退到阴影里去了。另外两个人香烟叼着也退转去了。阴影里像有只动物,两只红眼睛老小的,一闪一闪。

"侬的'痛极'还差一半。"我觉得着的,伊硬屏屏着,还是隐隐约约透出来一种痛苦,像靶子红心被打中了,整只靶子炸开来了。

"侬有机会重新得到最心爱的。"我绕到伊面前,喉咙搿牢_{压低}了讲。伊面色煞白,倒后生_{年轻}点了。

我拿伊顶开点,走到栏杆边上。"白头发还有几天啊?伊空欠侬几钿啊?"

"两天。三十万。"

"我是伊老师。"

"伊还有老师啊!"是刚刚只嘲叽叽声音。

另外一个也兴奋起来了。"卸脱伊只手算五万!"

"我拿十八万现钞。"我等着,大头利息_{高利贷}大多数是虚的。十八万,好放人了。

伊嘴巴里发出来一种声音,咝咝咝,像空气在牙齿上划过去,刻出来一道一道印子。头和肩胛勿停的甩过来甩过去,额角头上全是汗,前门襟老快就被眼泪水咾汗水咾鼻涕水咾搭湿了。伊一面哭,一面叫了好几声。有一声特别响,下头整只赌场吓了一跳,一记头煞辣势静_{鸦雀无声}。

"侬存心毁灭这个社会。在此地。"我手举起来,食指像枪管子点在太阳穴上。"痛苦勿是加倍了嘛。"

底下头,带头的人叽叽咕咕在打手机。

伊背佝了像只虾,头颈倒朝反方向直起来,面孔对准我,可能因为眼潭里全是眼泪水,空洞的眼光里,像结冰了。

3

　　地图册是16开本袖珍型的。封面封底是紫红色硬面,上头字没的,翻开来就是空白一页。

　　伊学我样,一用力,自家大拇指咬破脱了。两个人一个左手一个右手,各拿一只大拇指捏紧在地图上。隔了两三分钟,地图上原旧是空白的。伊人在发抖。我倒是勿急,狂野女王的传说我听过歇的。

　　伊身体一紧,马上勿抖了。我觉着有点寒丝丝。房间里像落雨了,雨点子打在空白页上,黑颜色慢慢洇开来了。好像有两层头,面上一层是深黑的,被吸进去了,底下头一层淡黑倒留下来了。勿是圆的、实心的一团了,里头有缝道出来了。缝道一条一条连起来,街道地图一点一点显出来了。

　　暗红色乌云里,月亮光闪发闪发像冰山露出一只角。听得见冰块爆开来的声音,带了风滚下来,突然之间碎碎粉了,冰片像雾一样,一面呼啸,一面朝头皮上俯冲过来。

　　地图上一条黑线像蛇一样游过去。隔了两秒钟,我才明白是红线动起来了。因为路灯灯光被冷风稀释了老淡老淡,红的看起来是黑的了。

　　我右手拿地图册举了和肩胛一样平,左手搭在伊肩胛上,要是伊想甩脱我,我马上好捉牢伊。伊也晓得我心思,头颈朝左面缩进去一点。

　　阿拉跟牢红线走。我对墙头上看看,上头是黑漆写的路名:南狮子弄。阿拉是在南市。转到露香园路,风小点了。两面房子最高就是二层楼了,老城厢典型的木结构房子,墙面全是木板拼起来的。前头路看起来没了。我在研究地图,伊一只打弯,人要撞着墙头了。

伊居然在墙头里切进去了。我像被伊拉进去的。原来在两幢房子当中有条通道,其实就是东家墙头和西家墙头当中留下来的空档,想想也对,造房子总勿见得贴了别人家墙头造哦。

通道像牛角尖,越是朝里去,越是难走。两个人只好身体侧过来趄发趄发。我觉着通道是死路,通勿出去的,在伊到头之前,阿拉已经被卡牢了。

着陌生里_{突然},伊又朝我右手里的墙头切进去。我右手三角叉_{手肘}撞在墙上,手臂也狠狠擦了一记,灰沙像烟一样蓬起来了。左手只剩下来指尖搭在伊肩胛上。我马上横过来一步跨出去,有半秒钟还有一点点搭牢,后头就搣空_{抓空}了。我硬劲转过去,出来的地方也是两幢房子当中的空档。伊影迹无踪了。

我左手大拇指咬开来,地图册拾起来,前头的路和刚刚走的差勿多,就是感觉上大勿一样,勉强讲刚刚像无声的轻音,现在是无声的重音。

这条路上也是木结构房子,半空当中的光也是一团一团的,黄哈哈的,勿哪能亮。我头抬起来,路灯勿看见,连得月亮也勿看见,讲勿出光从啥地方来的。更加奇怪的是光只照在门框上头,也就是一层楼二层楼交界的地方,像一爿黄云飘着。房子窗口老小的,窗一扇一扇开着,里头墨黑、死寂,勿像有人。

我调头转去寻伊,刚刚的通道没了,几趟走到死弄堂里去了。

算了。也没必要了。应该是到伊思维深处了。

起雾了。前头路上只剩下来隐隐约约、模模糊糊的光。脚底下头路勿平,石头一块一块湿咾滑,是弹硌路,上海滩老早就寻勿着。前头老大一幢房子,三层楼高,外墙是花岗岩的。我印象里只有方浜东路和中路上的两幢银楼有得这么高。我绕过去一看,圆柱拱门,像是老像的,但是我是勿可能这么快走到伊面搭_{那里}的。

空气密度也和刚刚大两样了,动是在动,动了老慢的,像在半凝固里静静流淌。路一点点阔出来了。房子更加高更加大,更加气派了,像一个一个巨人跍_蹲在侬面前。外墙全是两三米长、半米宽的花岗岩石条子砌起来的,非常像外滩大楼。

有幢大楼房子,正面是三扇头铸花紫铜大门,豪华,和汇丰银行一样。门牌没,招牌没。我朝对过,应该是黄浦江的方向望过去,房子越来越多,看起来像灰色浪头在远处起起落落。

我沿了外墙走,墙头上一扇一扇玻璃窗老高的,窗口的栏栅一条一条是生铁的。地图册牙齿咬咬紧,我两只手腾出来了,拉牢两根铁条,人引体向上一样拉上去,看见的勿是室内摆设,是雾濛濛的马路和马路对过的大楼房子,像在室内隔了玻璃窗望出去。我手一𢫠_{松开},脚立在地上,明明在房子外头。又试了一趟,还是这样,只要隔了玻璃窗望出去,整幢房子就剩下来一爿墙头了,像在电影布景里。

我学乖了,跟牢红线转了两只弯。这一幢外墙和沙逊大厦朝北的一段老像的。贴了外墙走了老长一段路,总算看见一扇玻璃转门。这个辰光,红线勿动了。到了。

门老新的，黑漆上有一层微微的光。玻璃阴冷明亮，一尘不染。我寻寻门牌号头看，还是没。推了几记，门动也勿动，讲勿清爽是锁牢了还是本来就是死的。朝里头望进去，靠门的地上是月白色大理石，再进去一片黑暗。在老远老远的地方，可能隔了三四只大厅小厅，穿过三四扇角度勿一样的门，有一小粒蜡烛火静止勿动。只有一粒米十分之一大，要勿是里头这么暗，人眼睛肯定看勿见。

我又试了一试，转门还是推勿动。玻璃就算敲碎脱了，空档大小我也钻勿进去。我地图册收好了，想办法寻别的口子进去。靠墙是只阴沟洞，只盖头是铁的，脚盆大小，上头几只字母我也勿识，制造年份也没的。我食指一左一右戳在盖头两只洞洞眼里，提起来一点，再朝边上推出去。底下头黑洞洞的，没水声音。是枯的。

我匍在地上，人探下去看仔细，毛估估五米横里，要是两只手扳牢洞口边上的水泥地再朝下头跳，减脱我一米七六身高，这只高度还可以，撞顶最多别着一记扭伤，骨折倒勿会的。要是里头通勿进去，跳下去就爬勿上来了。我想了一想，就算勿在现实世界里，也蛮可能永远困在里头。

下水道里老干燥的。

黑头黑暗里啥也看勿见，只有透气的声音，听起来呒气嘴是吭得来。我一面爬，一面尽可能感觉里头的动静。此地除出我，活的物事没了，譬如老虫、蟑螂这种物事。

是哪能爬上来的，我勿记得了，也记勿清爽哪能到酒吧间里来的，像一步踏出来就是了。因为后头的记忆忒强烈了，这个勿是蜡烛火，我看见了熊熊烈火。

上海夜笔记

　　L形吧台靠转角地方，坐了一个女人，长条子，两只长脚有得身体一半这么长。虽然光是从蜡烛照出来的，伊身上血血红的皮衣皮裤亮了更加晃眼睛，好像是有生命的红色猛兽。

　　脚步声伊应该听见了，头没朝我转过来，手上红酒杯放下来了，就这样动了一动，皮革摩擦声音"隔拉隔拉"像骨头裂开来了。光和影子像流水在上头波动了一阵。

　　我绕过去，走到吧台另外一头。伊坐了笔笃势直，右腿搁在左膝盖上。比我第一眼看见的更加苗条点了。可能是我看见伊头发了，一把扎，长得来，到腰下头，衬了身上线条更加清晰了。

　　隔了吧台的木头转角，我看过去，伊皮肤上血色一点也没，白了像冰山反光。皮衣拉链一直拉到下巴下头，两只奶轮廓老小巧的，老硬挺的。

　　我朝前头去一点，左手搁在吧台上。头发乌黑，两只绿眼睛隔开老远，看上去朦朦胧胧。勿是美瞳，真的是绿。嘴唇皮绝绝薄，抿在一道，当中一道细细的线像刀片划出来的。

　　吧台后头架子上，老酒瓶行情行事许许多多，横着的，竖着的，上头一垫灰老厚的，像冷却的火山熔浆。伊杯子里的酒老新鲜的，红了像血。

　　我左手搭在吧台边边头，一面撸过去，一面拿两个人的距离再缩短点。

　　伊右手朝前头伸了一点，捏在红酒杯的杯脚上。手指头老修长的，手腕子上的汗毛一根一根老老细，手背面上一段静脉蓝了非常特别，像条景泰蓝手链。伊杯子转了一转。酒老厚的，几几乎一动勿动。

我朝酒吧外头看看,只有黑暗。想了一想,又没啥真的要想的。我是摸勃朗宁去的,但是摸出来的是手机。我有预感的,手机已经罢工了。真的喏,勿晓得几时关机了。撤了好几记,还是没反应。

"真叫永生的国度。用勿着能量消耗,也用勿着能量产生了。"我笑笑,手机放转去了。"我大学里学的是电子工程。"

皮裤响了一声。伊两只腿叠了更加紧了,身体朝另外一面斜下去,左手要从地上拿一样啥物事上来。

我盯牢伊。拎起来一只铅瓶,和 750 ml 香槟瓶子老像的。

铅瓶摆在吧台上,声音老闷的。伊只手移开了,我还是看勿出瓶盖头在啥地方,上头非常光生,缝道一点点也没。

一刹那,我觉着伊就是这只瓶子。

我靠上去,右手顺了瓶子曲线摸了一遍,捏在瓶子头颈上。大拇指上的口子已经结盖_{结疤}了。

瓶子里的狂热是静止着的。就像一只巨浪打上去,打到一只高勿可及的地方,永远挂在上头勿下来了。

伊从我身边飘过去了,像一束红光。我瓶子拎起来追出去。瓶子老重的,但是勿影响我越奔越快。

虽然墨墨黑,眼睛老快适应了。遥远尽头就是玻璃转门。我气力用足了,一记挥出去,瓶子砸在伊后心口。伊朝前头踬了两步,掼在地上,左手撑着,右手压在胸口下头,后背微微起伏着。我瓶子拾起来,对准伊左手臂撑子上搿一记_{形容动作大而猛烈}敲下去,没听见骨头断脱,只有皮革摩擦的声音。

我在急喊,喉咙里是一连串紧张的高音。大厅里回声共隆隆越来越响,拿我声音淹没了。我自家也弄勿懂到底喊了点啥。两只手抓牢瓶颈,举了老高,对准伊后脑敲下去。一记一记,出来的勿是白色脑浆,是黑色灰尘。

头敲烂了。我像发条还没走光停勿下来,又开始敲脊椎骨和脚骨,灰尘蓬起来,像漫天黑雪,落下来,和皮衣皮裤的碎片混在一道,看起来像出血了。

敲到最后,我发现伊双靴子也是红的。

我两只手捧好了,但是地图一直是空白的。我勿是走这扇玻璃转门的。好像从一扇暗门出来之后,许多屏风绕过去,许多扶梯上去下去,再走过一只广场这么大的大厅。其实全是这个人的脑沟脑回哦。

外头迷雾浓了。背后头有脚步声。我走,伊也跟牢我走。

我停下来,听着,是靴子后跟,厚来兮的,重来兮的,越走越近了,就是没穿过雾气到我面前来,像两个人之间的距离是永远走勿光的。我立了一歇,开始朝伊走过去。脚步声还是朝我来的,勿是在倒走,但是两个人之间的距离还是勿变,哪能讲好,像伊在朝前走,脚下头是朝后去的电动道路。

可能大脑就要崩溃了,陷在无法摆脱无法到终点的运动里了。

我捷转身朝马路对过奔过去。在前头这幢花岗岩建筑的转角上,我觉着一点点变化,雾气被冷风一吹,水珠一粒一粒落在地上。

听见潺潺流水声了。背后头脚步声还是盯了老紧。脚底下头打了只滑遢,是青泥苔,被我划出来老长一条印子。看见伊,像在寒冬里感觉到一丝春的气息。

是蛮滑的,一勿当心就要跌跤。我浑身发力,青泥苔被我踏了一块一块飞起来了。

　　脚步声没了。看见一顶石桥。桥对过路灯也是黄光,但是黄里带一点点红色暖意。

　　桥过去了,正对一爿蓝白条纹的 24 小时便利店,里头空调开着,玻璃上全是水蒸气,眽进去模模糊糊的,关东煮在咕咚咕咚冒泡泡,一个老阿姨坐在收银台后头,在白相手机。

　　我坐在水门汀上,人朝玻璃上一隑。刚刚是河浜的地方,现在是条小马路了。是勿可能有桥的。附近的方浜是在 1908 年填浜筑路的,洋泾浜在 1914 年开始填浜的。

　　我一只手腾出来,手机摸出来,盖头一翻倒亮了。手指头随便哪能揿,键盘上数字总归揿勿准。隔脱歇,手指头总算好点了,每趟预备揿下去,每趟脑子里一片空白,勿晓得揿几好。

　　老阿姨帮我打电话叫了部车子,我车子上去前头,拿便利店门牌号头记了清清爽爽。

　　最后,我一介头一个人坐在房间地毯上,两只大拇指还捏在地图册上。一大块落地玻璃外头,是陆家嘴点点灯火。

　　灯火当中,是一只苗条的影子。血血红的皮衣皮裤,上头像沾了金色雨点子一样微微发光。

　　啥"痛极"精神升华计划,全是卖卖野人头装作精通而弄假骗人的。

　　现在,伊是我一介头的了。天下世界,只在我脑海里,伊还活着。也独有我一介头,可以感受伊。

　　伊身体朝前头弯下来,手里捧着一只暗红色皇冠,好像血做的,就要戴到我头上来了。这个表情,是多么熟悉啊。

　　我头抬高一点,对伊微笑。伊盯牢我看,好像要拿我拉到伊眼睛深处去一道燃烧。

慢叫,伊眼睛勿是翠绿的。

年纪也勿对。好像是个小姑娘。

窗外头灯光突然变了。大概是景观灯颜色切换了。

皮衣皮裤勿是红的,是墨墨黑的。手里勿是皇冠,应该是根白色的、绝细的长鞭子,弯了两圈,已经套到我头颈上来了。

想起来了,是俱乐部里的猫女郎。

我开始挣扎。

伊突然哭出来了。"对勿起呀。"伊鞭子收了更加紧了。"我第一趟看见侬,就想要侬……"

后头又讲了点啥,我听勿见了。

　黑暗深处,幽幽红光显出来了。我像飞机从云里穿出来,正在慢慢降落下去。底下头是红色不夜城。

食人房间

1

十三岁起,一生当中顶好的时光已经过脱了。之后漫漫长路,人是活在回忆里的。

讨厌的是,回忆存在脑子里。脑子是世界上顶大只迷宫,里头一条一条小路,七曲八弯,黑暗复杂,要日逐日看得见、觉得着的实物来为侬指路,侬再可以朝过去蜿蜒而行。倘使曾经的生活环境消失了,曾经的时光也就沉到黑暗里再也寻伊勿着了。

最后一丝慰藉也荡然无存。

东区老早仔很早前,戏院、电影院有得好几十家,现在除出拆迁脱的,几几乎全改成快餐厅、桑拿浴室、弹子房、连锁超市的大型分店了。

挺下来的只有百老汇大戏院了。我租赁合同签了十年,第一考虑的就是让伊开下去,第二是和房地产开发商打游击。但是事体也勿是这么简单的,譬如讲,正门台格两旁边四根柱头,是水泥砌出来的,长方形的,对过27层楼宾馆一造,这里的地基就朝下头沉了,柱头上裂缝出来了,有得好几条,全是小指头这么粗的,一坨路一直豁到顶上。

我请同济大学教授看过了,有办法想的,价钿也辣手的。

上个号头月,最后一日,黄昏头,我挖空心思投搞到钞票转来的路上,突然发现后门口的灰白色外墙和我记忆当中两样了。

我仔仔细细摸了一遍,是灰尘一年一年连牢仔几十年落下来仔,日长世久,慢慢钻到墙头里向去了,像当初拌在水泥里的黄沙一样也是墙头的一部分了。雨水一淋,灰尘一点一点结成粗糙的小颗粒。等到年数更加长一点,小颗粒又慢慢瓦解了,又要变转去变灰尘去了。我像已经看见了,在一个夜头的一个钟头里,风一吹,灰尘烟消云散,千疮百孔的一刻突如其来,建筑崩溃了,我的这部分回忆也完结了。

这个勿是铁架子好固定的,也勿是水泥好填进去的。应该要有种生命力从内部滋润大戏院。

这样,我曲线利用了吸血藤蔓。

只帖子是哪能寻着的,我记勿清爽了。大概是忒兴奋了哦。只记得马上拿网页打印出来,阗折了两阗,衬衫袋袋里囥囥好。在等快递的两天里,一有空就拿出来读一遍,像初恋的小青年拿着一张女朋友小照。

主题:吸血藤
查看:31 回复:0
1#狂野女王 2003-11-11 00:18
商品描述:

枯藤一根。

商品价格：

100平方隔30日吸一个人，200平方隔15日吸一个人，400平方隔7日吸一个人，以此类推。

商品信息：

墙头上寻条裂缝，枯藤塞进去，拿侬的血滴进去喂伊。从第一滴血起，就记牢侬是主人了。伊是勿会背叛主人的。

枯藤血吃着了，开始快速生长，渗入整个建筑物，一根一根像水泥里的毛细血管，就和建筑物融为一体了，就好造一间临时房间出来了。

只要是主人厌恶的人，房间就会得出现在这个人面前，房门敞开着，里头的香味道是这个人拒绝勿了的。等这个人走进去了，房门就閘上，隐到墙头里去了。从这一趟开始，主人就用勿着拿自家的血来喂伊了。

注意事项：

请严格喂食。

交易方式：

有需要，请发站内消息。

故事里，有历史的戏院里勿是都有间神秘房间嘛？我可以一举两得，叫这点开发商亨八冷打 全部消失在里头。

2

我也想勿到,临时房间头一趟开开来,"请进去"的人和房地产浑身勿搭界。

我跍蹲在戏院后门口,门背后墙角落里齐巧有道裂缝,蛮深的,让伊根生在此地,比正门口两根柱头更加隐蔽。这个当口,掩着的门被啥人推进来一点点。

我立起身,平常除出我没人走后门的,连得保洁阿姨也从正门进来的。

我门拉开来一只角,是只龌龊兮兮的狗,毛色白里发黄,啥品种嘛,我一记头叫勿上来,就是《丁丁历险记》里的这种。黑眼睛湿漉漉的,盯牢我,左面只前脚爪提起来,准备朝我过来了。我浑身上下紧张起来了。伊感觉到了,脚爪提在半空当中,慢慢缩转去了。退开两步路,对我拼命甩尾巴。

我看见狗吓的,小学二年级被草狗咬过的。我看得出伊还想候机会踏上来。隔壁头是西餐厅后门,塑料格子里没汏过的盆子有得许多,一直堆到我门口这里。我门槛用勿着跨出去得的,手伸长了抄起一只油盆子砸过去。瓷器碎片像暴雨落在地上爆起来,狗逃走脱了。我听见的勿是狗叫,是个女人"哎呀"一声。

远开八只脚,碎片应该没砸着伊,一定是吓了一吓哦。我上去打招呼去。"对勿起,我是在赶……"我"狗"字没出口,怕伊多心。"我勿是存心的。对勿起。"

女人像六十岁朝上,人蛮长的,也蛮干瘪的,看起来就是灰色呢大衣里裹了根木头。面色蜡黄,两只眼睛距离生了老近的,眼睛四面是皱纹,像烂污泥晒干了裂开来了,头发灰白,编了条麻花辫子,一直拖到屁股上。

伊开出口来,就是问我姓啥。我心里有点勿适意,还是眯眯笑,告诉伊听了。伊讲一看见我,伊就认出来了,我和阿拉爷长了老像的。这点我倒是常庄（常常）听人家讲起的。我细细回忆了一遍,伊嘛,从来勿曾见歇过。

我领伊西餐厅后门进去。领班看见我,马上想领阿拉到靠窗口只老位子上去。我手摇摇,请伊调只雅点的角落头。领班闲事蛮要管的,抱了两本菜单,眼睛一直在瞄这个女人,一定在猜阿拉两个人啥关系。

伊一点也勿觉着,还没坐好了就开口了。"侬也欢喜游泳啊?"伊问了一只出其不意的问题。

"老早仔蛮欢喜,现在去了少了。游泳池里人忒轧了。"

"侬到海滨去游呀。"

我头抬起来,对领班笑笑。伊总算接翎子（领会）的,菜单摆下来,对我微微一鞠躬,服务边上客人去了。

"㑚爸爸老来事的,好游了老远老远。翻阿拉两只跟斗（两倍）也勿罢,远了叫伊也听勿见了。伊身体练了真叫好,全是肌肉。"

"伊车床会得开的,木工也会得做的,样样全欢喜自家动手。"

"做木工,我倒勿晓得。"伊又笑了,笑的趟数明显多了点。伊点点头。"多才多艺啊。"

"比阿拉这个一代人,伊拉本事好好叫大了。"

我招呼领班过来,主菜点蘑菇。伊面孔上表情像辣发头里冷不防被人家揿了记头塔打头。

"我吃素。"我解释一声。

伊马上避开我眼睛。在摊开来的菜单上,两只手抓了一抓,拿菜单直起来,靠了伊更加近点,赛过一扇屏风。

"侬龙虾欢喜吃哦?"我看过去,伊这双手呒啥肉了,骨头全凸出来了,许多年数一直在做粗生活。

伊勿响,等我做主意。

"龙虾要啥品种?"领班特为问了一声。要是我讲随便,伊就上顶便宜的国产波士顿龙虾了。看见这种岁数,穿了又勿登样体面的女人,伊老会得帮我这个老顾客做人家节约的。

"要顶好的。"

"侬真的和俫爸爸一样。"伊头抬起来,在我面孔上仔仔细细看了一遍,眼光老为我骄傲的。

"芝士焗好哦?"

伊有点搭架子了,头慢慢点了一点。面孔上线条变了柔和了,人稍许好看点了。我还是想勿起来。老早仔应该没碰着过伊哦。

"侬常庄和阿拉爸爸一道游泳的?"

"只有一趟。侬也去了呀。"

"噢,高桥。"

"侬没忘记脱呀。"伊笑容放大了,深红色牙肉也露出来了,牙齿又大又方,但是稀稀拉拉,缺脱好几粒。

"我记性一直勿错。"

"为仔讲呀,侬游了老好的,和俫爸爸老像的。"

我记起来了,因为爸爸和我两个人也只去过一趟。廿几年前头了,我五岁。是爸爸厂里头组织的,去的人应该全是爸爸的同事,老多我都勿认得。一个年纪老轻的女人,着件深蓝游泳衣,人老长的,老纤细的,屁股这里拱起来的弧度非常微弱,刚刚可以和腰区分开。在太阳光下头,大腿白雪一样刺眼睛。我盯了辰光长点,就觉着要出眼泪水了。爸爸和伊老要好的。两个人离开大部队,立在角落头茄山河_{聊天}。爸爸一直眯眯笑。伊呢,笑起来的辰光,头欢喜朝海的方向颞_{倾侧}过去。

我火气越来越大。没想过爸爸在做小动作,妈妈吃亏了,也勿是因为伊从我身边拿爸爸夺过去了,占有了本来应该属于我的空间和爱。我生气是自家夬勿进去。我年纪忒小了,根本没办法和一个成年女人正常交往。

我踱到伊拉边上去,存心用偷听叫伊拉难过。伊拉讲了忒起劲了,勿注意我。我就拿海滩上的沙子咾贝壳碎片咾踢起来,灰沙飞了一天世界_{一塌糊涂}。这个女人也勿开口,就是眉头一皱。我更加生气了。一脚头,一大蓬沙子踢在伊脚上。伊急叫了一声。爸爸手指头朝边上一指,恶狠狠的,拿我赶了跑了。

我气了勿得了,别人家下去游泳了,就我脚盘起来,坐在水泥墙头上,眼乌珠弹出来一直盯牢伊拉。太阳火辣辣的,我心里头也火辣辣的。爸爸在海里叫我,我就是勿睬伊。

伊对我笑笑。"㑚爸爸故世了是哦?我近枪把_{最近}做梦做着伊了呀,刚刚从海里头上来,游了气老吭的,一面喘气,一面对我笑笑,再眼睛闭起来头摇摇,拿头发上的水甩甩干,像小囡一样老好白相的。"

"阿姨,侬今朝正好在附近?"

"我是听人家讲的,侬开戏院了。"伊在白相吃甜点只小调羹,动作慢笃笃的,借这个掩饰心里的紧张。

"噢,欢迎啊。"我叫领班辰光,伊头低下去了,浑身上下,连得眼乌珠也一动勿动。听见我关照领班记账,伊鼻头洞_{鼻孔}缩进去,笑起来了,额角头_{额头}抬高点看牢我,眼睛亮晶晶的。

伊走在我前头,步子老轻松的,西餐厅过道穿过去,朝戏院后门口去。我刚刚想喊牢伊从正门进去看节目去,伊突然绊了一记,我要紧搀了伊一把。伊只手捏在我臂把上,老用力的,半分钟还没放。手老烫的,还有点汗。

我借因头_{借口}只闸刀要检查检查了,请伊在后台的转角边上等我。针线盒和打火机刚刚就要用的,袋袋里摸出来就是,火点炀了,引线头_{针尖}上消消毒,在食指上戳了一记,我在伤口边上用点力道揿着,叫血加快速度,一滴一滴渧到裂缝里去。

老快,枯藤发出来了,黑里带红,像在血水里泡了几个礼拜了。还勿到一分钟,水泥墙头里隐隐约约洇出来一块红光,像遥远地方有一只红色的湖。湖的边沿朝四面弯弯曲曲,弯出来许许多多红色支流。先是这个一爿墙头,挨下来是天花板,左面右面墙头上也有了。我感叹速度这么快的当口,闻着一股裘皮大衣的味道。

我远远望过去,就在靠后台的墙头上,一扇红颜色木头门敞开着,里头黑骨隆冬,裘皮香味道就是从里头飘出来的。伊人已经转过去了,头颈伸长了,一只手在胸口头拍了一拍,揿在上头。黑暗让香味道更加浓了。伊踏进去了,一步一步像被催眠了。这个辰光,黑暗深处出现了幽幽红光。在伊背后头,木头门轻轻閛上了。门隐下去了,又是墙头了。

只剩下来红光,像雾气一样飘在我视觉残余里。

3

动戏院脑筋的开发商,我碰着一个,消灭一个。

借因头戏院是热门货,谈生意要低调点,请老板车子勿要开,电车乘到舟山路下来,碰了头,兜小弄堂到西餐厅,这个像一种仪式了。酒足饭饱了,再从戏院后门走到后台。

稀奇的是,伊拉是一只袜统管,欢喜的全是白种女人两腿之间和香水混在一道的热气腾腾的骚味道。更加稀奇的是,伊拉人勿见脱了,从来没啥人来寻我打听过,可能在大家眼睛里,伊拉失踪的道理也是一样的哦。

有辰光,门刚刚隐下去,暗黜黜墙面上还有红兮兮颜色从里头透出来,像幅抽象画。大概是一日喂两趟的道理哦。我一直欣赏到墙头回到原来样子。

4

我后门出去辰光,只当对过弄堂口水落管边上是团烂棉花。踏过去两步再看清爽是这只流浪狗。我朝边上眙眙,夜市刚刚开门,塑料格子里盆子还没。狗耳朵竖起来了。我轻手轻脚退转去,后门关关好,只好从大门边上的安全门走了。

灯光下头,大门口贴了张新海报。勿是机器喷墨的,是水彩画出来的。这个是我特为关照过的。

自家戏院里,除出前年仔两场评弹,平常我是勿去看的。所以,近一枪最近一阵有点啥档期,我还要想一想,应该是新来的三流舞蹈团。海报上是红颜色花体字,颜色非常鲜,写的是演出剧目。剧目我没看仔细,吸引我的是寥寥几笔素描一样的画法,一个小姑娘戴只银面具,一只手攫※了老老高,像要拿空气戳破脱。

　　这种感觉可以讲是青春、憧憬、纯洁,又没办法完全讲清爽到底是啥。我台格上去,镶玻璃的木头大门推进去,售票窗口里的阿姨喊了我一声,声音又惊又喜。照自家定的规矩,我买了张票子。五块洋钿,脱离时代物价了。我本生想定价七角洋钿的,但是没演出团体愿意来了。

　　戏院里的石膏线像波浪一样,保持了一种过时的富丽堂皇。

　　椅子上套的是紫红色布套,汰了趟数忒多,已经硬僵僵了,白颜色针脚也露出来了,上头还有香烟烫焦脱的洞洞眼。十几个人,差勿多全在吃香烟,别的戏院是勿允许的。烟雾腾腾,飘到水晶吊灯上。吊灯像朵发光的莲花,根生在天花板上,花瓣朝下头,一缕一缕幽幽热气发散出来。

　　我左手里隔开八只位子,坐了个老矮小的女人,大膀搁在二膀上,两根粗眉毛是纹出来的,头发烫了像钢丝球。伊件短风衣也是紫红的,颜色比椅子套深一点,袖口磨破了。食指中指夹在老后头的,差勿多在香烟过滤嘴上了,香烟又朝上翘着,看上去更加修长了。

　　这只是20年代摩登女人吃香烟的姿势。可能伊是从电影、画报里学的,也可能身边就有这样一个长辈,勿关哪能不管怎么样,深深刻在伊童年记忆里了。等到伊人大了,就是因为这只姿势开始吃香烟的,一面模仿,一面幻想另外一个时代的恋爱方式。这只姿势从第一个用的人算起,到伊身上差勿多要一百年快了。看伊吃香烟,我两脚朝前一伸,也像点了根香烟。

观众里只有四个人算年纪轻的。打扮是一只模子里刻出来的,鸡心领汗衫外头套件西装,存心弄了伊破破烂烂、龌里龌龊的牛仔裤和运动鞋,在舞台前头侬打我记我打侬记,声音非常吵。看见迭排里这种宝货,就像手里拿了刀叉,对牢盆子里烧过头的炭一样的酱汁蘑菇。

灯光暗下来了,伊拉胒手胒脚手脚摊开在头一排位子上坐下来,劈力拍辣,拍手瞎拍一泡。小提琴响起来了,灯光隐脱了,旧披风一样的黑幕布慢慢拉开来,拉到一半卡了一卡,几个中年人笑笑也就算了。听见人家笑了,像被发令枪震到了,四只宝货开始别苗头比高低了,哈哈哈,越笑越得意,响得来赛过拉防空警报了。

从舞台左面,小姑娘脚尖轻轻点在地上,步子非常快的跑出来了。身上披了件白颜色的透明薄纱。我视线只比舞台高一点,从小腿的粗细、弹性、光泽,再有血管来看,面具后头人廿岁还勿到,一定长了老清爽相的。是伊种那种面架子蛮狭的,头发梳了一根勿乱,朝后头扎了老紧的,紧得来拿头皮也拉痛的小姑娘。四只宝货口哨穷拼命吹了,坐在当中的一个蹲起来,气力用足了拍手拍脚,别人家的拍手声音被伊拉这样一来,割了零零碎碎了。

赤脚,海水冲刷了清清爽爽的贝壳。大脚趾头到小脚趾头一道弧线像钢琴键从高音一口气滑到低音。第二只或者当中只脚趾头长出来一短段,长了比大脚趾头还要长的女人,我勿欢喜的。

跳的勿是芭蕾舞,一种现代舞,也可能是自由舞。我眼皮变轻了,像小鸟翅膀在晨风里勿知勿觉抬高了。

两条臂把细细长长,只比杨柳条粗一点,颤动着,祈求着。

风就要变了,伊这样只会得引得风报复伊,因为一折就断,就多花十倍气力折伊断,当位置在绝对主宰的辰光,常常有这种暴怒。转起来了,爆起来了,像铁屑屑四面全是吸铁石,在漩涡里被包围了。杨柳条一根一根绷了老紧,像铅丝一样笔笔直,老早就应该吃勿消了,但是,就是勿断。突然,我发现伊能量一点勿少,倒过来风越是暴力,伊越是有力,越是硬强。散开来的只不过是伊的形状,勿是精神。伊勿是对风祈求,伊在和风对抗。伊的能量就是从风头里来的,风越是了解这点,就越是歇斯底里。

琴声音低下来了,动作慢下来了,两只脚还在转圈子,兴奋和躁动隐秘在挣扎当中,底下头还有强烈痛苦慢慢喘息。

我做了只自家也觉着稀奇的动作。头沉下来,两只手并排并摆在一道,手心底朝上,盯牢伊拉看,勿晓得想看点啥出来。台上还在转。我已经忘记了,就算伊是近廿年里唯一吸引我的两分钟。

我立在后台扶梯边上,伊在衣架当中忙了调衣裳。刚刚跳好,气还没平下来,吭得来像黑暗里有只大提琴在拉。人弯下去了,背脊露在暗黄色灯光里,肌肉一条一条绷了老紧的。舞台顶上铁架子的影子落在上头,伊一动,影子像琴弓拉过来拉过去。

箱子上一只小塑料包,伊拿起来了,门牙咬牢了,右手还在钻袖子管,左手朝下头用力一拉,塑料包拉开来一只老大的口子。伊一嘬头,面条子一样的物事一半还荡在嘴巴外头,摇记摇记。

在吃零食。鱿鱼丝。

为啥我闻着的是股咖啡香,老浓的,热气腾腾的?

味道从皮肤上擦过去,飘远了。我脉搏停了一停,这种情况只有过一趟,小学秋游辰光,过山车爬到顶顶高,就要冲下去了,外加远远望过去,前头轨道一圈一圈更加多更加险。

伊背后头的墙上,一扇红颜色木头门慢慢开开来了。

我冲上去,被衣架绊倒在地上。我对牢伊穷喊八喊,一点用也没,伊赛过牵线木头人一样踏进去了。

等我手忙脚乱拿衣架推开来,爬起来了,眼门前只有硬绷绷水泥墙头了。

我调只头奔出去,塑料格子里只有没汰过的开胃酒杯子。我奔到西餐厅厨房间里,人家吓一跳勿关我啥事体,看见盆子里一把牛排刀就抄起来,也没功夫拿粘在上头的黑胡椒沙司甩甩清爽,奔转去,一块路奔到种吸血藤的墙角落里。

刚刚忒匆忙了,门没閛_关上,这只流浪狗钻进来了,就在墙头前头。看见我,一面吓了朝后头缩发缩发,一面尾巴又穷甩了。

墙上,红颜色木头门又出来了。

冰冷遥远的味道,从另外一个时空飘过来的,像又看见了从前,天的颜色老蓝老蓝的,蓝了像天上的海结成冰了。就算夹忙头里_{正忙碌时},我还是在心里感叹一声:这只啥狗啊,哪能勿是肉味道呢?

我手上一滑,牛排刀落在地上,咣一声。我一步一步朝门里去,流浪狗倒在原地勿动。

吸血藤的主人,勿是我嘛?

左脚跨进去了,好像浮在半空当中。等右脚也进去了,顿时感觉被一根墨墨黑的吸管吸进去了。

我清爽了,自家永远没办法回来了,就在这个辰光,我想着了,难道吸血藤的头一滴血勿是我的?

　　这一日,我盆子拿流浪狗砸伤脱了。

　　伊出血了。

　　趁阿拉到西餐厅里去了,伊又偷偷钻到这只墙角落头去了,狗脚爪扒发扒发,还当我在里头囥了啥好吃物事。

　　爸爸的老同事,这点房地产开发商,再有跳舞的小姑娘,流浪狗讨厌伊拉,是因为伊拉身上的荤味道。流浪狗长远没开过荤了呀。

　　黑暗深处,幽幽红光显出来了。

　　我像飞机从云里穿出来,正在慢慢降落下去。底下头是红色不夜城。一根一根藤蔓像街道密密麻麻。暗红色开始勿停的流动,像汹涌的车流。

蜡烛火一闪一闪,像只就要到生命尽头的游火虫,独自面对整只漆黑宇宙。

红　茧

1

　　前头部灰黝黝商务车就要转弯只当口,我油门轰上去,贴牢伊超过去了。后视镜里看见这部车子在路当中停下来了,车头斜着。伊拉一定吓煞脱了。

　　忒小囡脾气了。可能是希望姐姐发现我哦。

　　姐姐看见我了,肯定会得有点生气。伊生气辰光也会得笑的,笑起来几乎和平常一式一样,只不过更加深一点。十年前头的春节,大楼电梯坏脱了,阿拉两个人一口气爬到 15 楼。伊嘴巴张开点,微微喘气,嘴唇皮拘拘红_{鲜红}。勿单单是颜色更加红了,还厚了。突然我就想咬伊一口。姐姐没拿我推开,过了两秒钟,右手捷_举起来,在我头顶心上拍一记。我手臂松开来,头沉下来看牢伊。是浅浅的笑。太阳光从过道窗口里照进来,伊一只面孔全罩在光里,像过度曝光,嘴巴噘起来一点点,像深红色小岛在雨丝里浮出来。

　　我车子开了飞起来了。眼梢里一暗一亮,一暗一亮。咖啡店灯光是暗黄色的,便利店灯光是灰白色的,一闪头过去了。这爿便利店我和姐姐去过的,买过豆腐浆还买了点啥想勿起来了。高架上去,还是这条路,许多大楼房子没造好,像烟囱一样漆黑高耸,篮球场这么大的广告牌子,上头两只电话号头白哈哈的,看勿清爽。路面上漆线照在车灯下头,白了像死人皮肤。

快车开了勿多一歇,速度勿得勿减下来。车子慢慢停下来了。堵牢了。我坐在驾驶室里,听发动机"轰轰轰""轰轰轰",一直在空转。前头车子总算动起来了。开开停停。在高架护墙栏上,我看见一部摩托车撞了烂脱了,挺下来一只后轮荡着,风一吹,像还在转。车子又开过去十几米,有两个人甩在水泥隔离墩的另外一面了。

身体扭曲了。一个是女的。两个人哈日族打扮,大概十六七岁。

铜仁路下高架,车子又堵牢了。救命车蓝灯一闪一闪,等别的车子让路。

老嘲的。该死的,倒勿死。

这日,车子撞在高架下头水泥柱头上,也是撞烂脱了。车子右面先切割开来,伊只赤佬_{那个混蛋}先车了跑了。我卡在驾驶座上又等了两个多钟头。一心想死,但是一动也勿好动。

姐姐赶得来的辰光,落了点小雨,地上血迹好像淡一点了。

"侬懊愦了哦?"

"侬呢?"姐姐哭了。没回答问题,反问了我一声。

我腰弯下来,位子下头摸出来只纸盒子。前头车子又开始动了。我方向盘朝左打,纸盒子辫在两只大腿当中,用右手扯开来,威士忌瓶子抽出来,瓶盖头捻捻开,举起来就朝喉咙里灌。路边头一个警察盯牢我看,看了眼乌珠也弹出来了。

火从喉咙口一直烧到胃里头。

我吃了老快。空气里像有姐姐两爿嘴唇皮,湿漉漉的,吸到我嘴巴上来了。

我了解姐姐。上来几分钟伊肯定身体硬绷绷的犟辣海_{抗拒着},后来被伊只赤佬……我浑身上下烧起来了。

车子转到巨鹿路上了。伊只赤佬就死蟹在这里,高位截瘫了。在医院里,我听护士讲起过,伊只赤佬送进来的辰光,闲话还是断断续续好讲的,隔了半个钟头,这只功能也没了,一世里只配眼睛眙发眙发_{一眨一眨}了。我老开心的,尽量勿要让自家笑出来。大家照顾我辰光,是非常同情我的。我讲是好讲的,但是这生这世也只好眮在床上了。

姐姐又开始帮我汏浴了。爸爸妈妈飞机失踪之后,一直到小学三年级,全是姐姐帮我汏浴的。最后一趟汏浴,我立在浴缸里,眼睛一直离勿开。伊胸罩解下来,奶雪雪白,连下来两只小指头勾在松紧带上,三角裤也脱下来了。

姐姐跨进来了,跪在我面前,帮我擦肥皂。莲蓬头关脱了,勿是热水。是汗,老烫的,从阿拉头上一直流到胸口头。姐姐头发散开来了,面孔抬起来盯牢我看,眼睛趡趡里头_{最深处}像有水晶在反光。我拿奶捏在两只手里,像要仔仔细细检查伊拉。姐姐身体里有样啥物事,老老小,老老苍白,老老软,老老罪过,我想拿伊裹在心里。

姐姐两条手臂绞在胸口前头,拿高耸耸的奶瀴脱_{遮住}了,一面从浴缸跨出去,一面拿脚上水抖脱。等我人揩干出来辰光,劈力拍辣,起油镬声音,姐姐已经在灶披间里烧菜了。台子上是伊刚刚剪下来的手节掐_{手指甲},月白的,我练习簿上扯张纸头下来,手节掐包包好,囥在书包顶顶底下头。

我弄堂进去辰光,姐姐车子停好了。这幢三层楼老洋房罩在阴影里,看起来像埋在灰里头,感觉上里头呒啥活的物事了。伊只赤佬勿像住在这里,也可能伊已经是活死人了,所以没啥存在感了。姐姐一直在偷偷照顾伊。一定帮伊汰浴揩身,但是伊只赤佬啥感觉也没了。

汽车后备箱开开来了。姐姐从里头拎出来只医用保温箱,盖头是白的,别的地方是深红色的。这是我寻到这里之后,头一趟看见。可能是我今朝老酒吃过了,走了比平常快。

姐姐园子里进去,底楼靠左面有扇铁门,一拉就开了。

门没关。我等了一歇,慢慢跟进去。

门里头水泥扶梯是螺旋形的,借了对过洋房里的灯光,底下头黑暗淡一点了,变了深灰色了,是只地下室。

扶梯挡手的滑。脚下头应该是水磨石子,也老光滑的。下去半层楼,有扇老小的木头门。姐姐还是在朝下头走。

我耳朵攫_{紧贴}在门上听听看,没啥动静。大概再下去一层楼,光线一丝也没了,但是方向感还在。淅力索落,姐姐在摸啥物事。我听见鐾_划自来火的声音,火光从侧面照上来。望下去地下室大约摸四十个平方,正当中有样黑秃秃的啥家生_{家具}。

姐姐拿蜡烛台摆在上头。

我回出去。朝徐家汇方向开过去。吴兴路夜里老静的,我在路边停了一只钟点。歇歇_{每隔一小会儿}就要看手机,手机看了电也没了。等我再回进去,姐姐车子勿在了。

车子下来前头,我手套拿好了,想了一想,手机调块电板。

铁门关紧了,走下去半层楼,右手摸了一歇,摸着了。耳朵又贴在木头门上听听看。是没声音。推推看,推勿动。

地下室墨黜里黑,姐姐是转去了。

我借了手机光,蜡烛台寻着了。地下室正当中原来是只钢琴,罩了块暗绿色丝绒罩子。四只墙角落里是四盏壁灯,开关勿看见。正对钢琴的墙上还有一扇老小的木头门。

右手在门把手上转了一转,推进去,想勿到里头勿是房间,是条过道,黑黜黜的,像几百米长。我蜡烛台拿好了,踏进去,过道只有一米阔,看得出墙头非常厚,好像是只防空洞。

皮鞋底踏在地上,回声老响的,"隔隔隔"听起来老固执的,一声还没消失,另外一声又来了,像希望有人听见伊。过道真的老长的,一千米没嘛,两三百米起码的。过道两面墙上没开门,过道到头门还是没的,是块亭子间大小的空场地,八九个平方。空场地当中偏后一点,地上开了只口子,像只方台这么大,台格一格一格好下去的。我头又转过去了,蜡烛火照勿远,远远像有团黑影子,勿晓得阿是姐姐。我真想对伊手挥一挥。

下头像只洞。洞里头真叫黑骨隆冬,烂污泥臭味道更加厉害了。头顶心上啥物事在抖,"嗡嗡嗡""嗡嗡嗡"。蜡烛火一闪一闪,像只就要到生命尽头的游火虫,独自面对整只漆黑宇宙。

"仆"一记,皮鞋㴨陷下去了,烂污泥一直㴨到脚骷骨上。突然,眼门前一暗,一只又骚又臭的动物扑上来了,在面孔上烂爪一泡。

我一吓,慌慌张张拿伊敲出去。一只老大的蝙蝠飞了跑了。手起来了忒快,蜡烛火推扳眼眼差一点点刮了隐脱。

我蜡烛火挡牢了,疑心疑惑,自家阿是走错地方了。脚下头"通"一声,水潭潭里踏进去了。我脚抽出来,蜡烛火照得着的地方,全是炮坑一样的大大小小水潭潭。右面勿远地方,有爿水泥墙头,老老高的。走近点,再看清爽伊是立体的,是一幢长方体水泥房子。只赤佬迓躲在这个里头?房子四面窗没的,门也没的。我蜡烛台举起来,照上去,长方体朝上越来越高了,勿像房子了,像根做工蛮粗糙的水泥柱头了。柱头越来越高,一直伸到黑暗里勿看见了。

几十米开外又是一根。原来是高架地基。"嗡嗡嗡"抖的声音,原来是汽车在高架上开过来开过去。

我又朝左面走。是水声音,像条河浜。市中心还有这种地方?自家在地下头一路走,走到延安中路了,是填没之后变暗河浜的北长浜、洋泾浜?

我试试看过得过去哦,第一步冷水钻到裤脚管里向头了,第二步人一沉,肚脐眼里一冷。水比我想的深许多。从姐姐每趟出来的样子看,勿像在水里走过。我退转来,还是顺牢一根一根柱头朝前走。水潭潭越来越少了。在一根柱头右面,烂污泥蛮干的,高出来一只红兮兮土墩墩。土墩墩上全是野草,还有零零碎碎小石头。

我野草拨拨开,看见十几只坟碑,上头老清爽,没灰尘。坟碑上刻的字模糊了,应该是外国字。

空气里有股啥热量,到底是啥,讲勿出,话勿像,只觉着伊老浓的,只要一透气,热量就粘在鼻头洞里,像一粒一粒粗盐。同时一股腐烂的气味越来越厉害了。和刚刚烂污泥两样,这是人的,勿是活人身上的,所以勿是汗里排出来的,也勿是呼吸里喷出来的,伊洇到空气里,空气被侵蚀了,当中变稀薄了,像开了条通道,热量就流动起来了,变成一条暖流朝老远的地方流过去。

我手伸出来蜡烛护护好,还是朝土墩墩上头爬。眼睛慢慢适应黑暗了,好像自家离这条暖流越来越近了,近得来手好伸上去摸摸看了。

爬到顶了,再看见后头连只更加大的土墩墩,大得来像座小山了。先走下去十几步,再上去几十步,就是"小山"半山腰了。热量更加厉害了,虽然还勿曾看见,我晓得就是此地了。

是棵树,老矮的,看起来像热带植物,上头花开出来许许多多,一朵一朵全是深红颜色的,亮了像宝石一样,像晓得自家辰光勿多了,眼睛一眙就要谢脱了,再这样拼命开。我没办法再上去了,像离太阳忒近了,胸口头已经透明了。劈力拍辣,身体里烧起来了,东一点西一点像星星之火。

我突然想着了,自家每日天一针,身上皮肤过敏也是一大片红点子,和星星之火一样。就这样想一想的功夫,我在此地停的辰光也忒长了。头混得来,馋唾水_{唾液}甜了发腻,浓了要凝牢了,像一吨苹果全烂在我嘴巴里了。

气味浓了像雾了,四面暗下来了。我朝后头退了两步,黑黜黜雾气里一朵花飘发飘发飘过来了,颜色越来越红,越来越鲜。更加像只嘴巴。嘴唇皮抿紧着,但是当中露出来一只三角形漏洞,大勿大的,里头在闪光,应该是牙齿。

血血红只嘴巴,一点点移过来,一直要碰着我额角头快了。在我眼睛就要闭起来前头,突然,雾气散开来了,风一带,蜡烛火隐脱,一蓬灰烟马上被黑暗罩进去了。

顿时立刻,空气冷下来了,一片空寂,气味闻勿着了。

背后头肌肉紧张了抽牢了。我是一路倒退下去的,汗已经冰冰冷了,一路流下来,流到袜子里。

虽然模模糊糊的,记性还算有点。我回出去,在出去路上的第二根水泥柱头边上,红花的一瓣花瓣飘在地上,慢慢暗下去,又慢慢亮起来,像风吹到炉子里。

我脚踢了一踢,伊在吱吱叫。声音老熟悉的。我脑子转了有点慢,顿了一顿,还是听出来了,是老虫叫。我开始寻蜡烛台,勿在手里头了。我想起来了,袋袋里还有只手机。

光线照下来,花瓣边沿有粒棕黑色玻璃弹子,还在转。是眼乌珠。真的是只老虫。伊没逃走脱,身体大一半被花瓣裹在里头了。像冰冻汽水一口气吃了忒多,脑子一痛,倒开始加速了。刚刚看见的红宝石一样的花,总归觉着啥地方有点勿适意,这个勿是花本生的颜色,难道是红颜色的寄生植物,像菟丝子一样缠在花上,只不过缠了更加精巧?

眼门前,伊也缠在老虫身上。

伊吃的勿是植物汁水,是血。医院里的怪事体是真的。姐姐的医用保温箱里是血浆。

这副橡胶手套,是为了派另外用场的。乃倒也派用场了。老虫捉在手里头,还是有点恶心,特别是想到这只手朝后今后还要去碰姐姐。但是我更加想弄弄清爽,姐姐拿血浆偷出来,勿会是为了花花草草,伊肯定有医学上的作用。都讲我重新立起来是只奇迹。恢复了和正常人一样是奇迹里的奇迹。可能秘密就在这个里头。

2

我屋里到了,姐姐还没转来。只不过隔了一个钟头,老虫整只身体差勿多都在微微发红光了,连得尾巴也像根红颜色荧光管。吸血植物的寄生速度比我想的要快几十倍。我身上红点子消嘛消勿脱,多嘛也没多出来,姐姐每天帮我打针,针管里的新药勿是为了脊柱骨生长,是为了拿吸血植物压下去?

只玻璃鱼缸,在阳台角落头寻着了。车子闯祸起,姐姐没空顾怜这点金睛鱼（金鱼）了。鱼缸和鱼是我前年送给姐姐的生日礼物,姐姐每天转来都要坐在沙发上,两只脚伸长了看一歇。要是只顾怜我一个人,金睛鱼是勿会死的。姐姐还要迕迕叫（偷偷的）照顾伊只赤佬。

我橡胶手套多戴一副,左手里铁夹子拿老虫夹夹牢,朝死里向揿在伊鱼缸里,右手里镊子钳挑了几记,挑勿出来。

我手伸长了,从工具箱里翻出来一把刀片,在水泥窗台上鐾了一鐾（略磨）,割开来老细一根红颜色的藤,再老虎钳用上去,气力用足了朝外头拔。

老虫叫是没叫,就是像触电一样穷抖八抖（强烈乱颤）。背上皮裂开来了,肉也开了只口子,血倒没流出来。我看仔细了,怪勿得拔大勿动,藤上勿是光滑的,上头的刺密密麻麻,一根一根老尖的,戳在肉里。

我又开始朝外头拔,马上发现了,勿是我想的戳在肉里这么简单法子。老多尖刺和血管融为一体了。比较粗的血管,进去的尖刺也粗,毛细血管里的尖刺就非常细。尖刺上还凸出来许多小点,好像老小老小的吸盘。我腾勿出手再拿放大镜了,勿关三七廿一,一发力,啪,比掰双一次性筷子轻点,老虫脊柱骨断脱了,血流出来了,还有几滴液体,白塔塔的近似白色、混淘淘的。尖刺勿单单是和血管,还和经脉、骨骼连在一道。

我铁夹子松开来,老虫瘫在鱼缸里像沆烂污泥。也就三四秒钟辰光,拔出来的藤扭了几记,尖刺朝脊柱骨的裂口里滑进去了,赛过里头有只老重的物事牵牢仔伊拉。打只比方就是侬手松脱,水桶朝井里头自由落体,水桶上的绳子被伊一道带下去了。皮上的裂缝被藤重新盖上去了,这个当口,老虫眼乌珠转了一圈,在鱼缸里爬发爬发爬了几公分。

原来我两只脚好走路全靠这个。我记起来了,更加像隔开一段距离重新感觉到了。伊拉勿是热的,是冰冷的,拿皮肤戳破脱,像许许多多超长的针,扭发扭发钻到肉里去,一根一根血管、一束一束神经全被伊拉占领了。

痛得来心也勿跳了。姐姐一定帮我打了许多麻药,我看见胸口裂开来了,烟一样的影子从黄哈哈的裂口里飘出来,慢慢浓起来了,变灰黑的实体了,原来的身体像一块纱巾飘到地上,贴了地面一点点淡下去,是几乎透明的影子了。

灰黑的我呢,像只老大的鸟,翅膀扇发扇发,停在半空当中,从上头望下去,看牢姐姐,爪子死死钳牢伊,气力用足了一记一记夯上去。姐姐小肚皮凹进去了,白皙高耸的胸脯穷抖八抖。伊皮肤上出现了血液大量流动的颜色,尖刺正在冲刺生长,新生的尖刺有种粉红色光芒,和生的肉老像的。

应该是看勿见的,我就是看见了。尖刺从肌肉里穿进去,终于到骨髓了。姐姐眼睛本来一直是闭着的,在这个当口,微微睁了一睁。从缝道里,我看见自家倒影,倒影水一样清,里头有只老小老小的光点子,笔笔直照进来,照到一只我从来勿曾去过的、非常遥远的地方,可能就是一个人的灵魂深处。

伊派的用场,勿是拿身体修修补补的小用场,是要拿姐姐和我结合在一道。

我静静横在地板上,应该哪能做已经清爽了。应该马上就去做。我还是开开心心拿眼睛闭拢,第一趟体会到幸福也是有重量的,从胸口头蔓延开来。

♪

行政楼就在血液研究所边上。夜里有层薄薄的雾气,但是大楼看起来还是灯火通明。

玻璃墙里,两个保安隔开老远,对面对在踱方步,大厅显得更加空荡荡了。接待处坐了个上岁数的夜班保安。姐姐人缘老好的,我住医院辰光,伊好像也来望过我的。我拿姐姐张胸卡给伊看。伊还是要我先通过安检门,再踏上来看看看我手上带啥物事了哦。伊告诉我听哪能上去,这只辰光,只剩下来楼后头一部小电梯。

所长办公室门开了一半,写字台上一只绿灯罩的台灯亮着。从我角度看,里头没人。我敲敲门踏进去,立在办公室当中等了一歇。突然,左面靠窗口的墙头上,割出来一块亮光。马所长从小门里走出来,面孔上两块肉老红的,大鼻头大耳朵也通通红。伊对我看看,闲话勿讲,手臂拿门挡好了,等我进去。

里头是休息室,我听是听人家讲起过的,这么豪华倒是想勿到。贴当中是只紫檀木茶几,外头一圈是一只长沙发和两只小沙发。茶几角上摆了只杯子,里头酒只挺下来一点脚脚头_{残液}了。吊灯老亮的,米黄色灯光一整块照下来,酒的颜色像十月里太阳落山了,风静下来这一刻的稻田。马所长面孔上两块红颜色也淡下来了,看起来勿自然,像蜡做的红苹果。

伊腰直挺挺弯下去,杯子拿起来,朝窗口头走过去,动作硬僵僵的。靠窗摆了只西洋装饰橱,像19世纪古董,上头摆了只水晶托盘,盘子里是几瓶洋酒几只杯子。走到半当中,伊身体突然转过来问我:"侬吃点啥酒?"

我勿开口。这个环境我觉着勿适意。伊自顾自讲下去:"我婚结过三趟。又要离婚了。侬晓得为啥哦?"

伊手一伸,请我坐下来。沙发老软熟的,人一坐就涴下去了。对过爿墙头上挂了幅油画,画里头是马所长,只秃头秃了像只茶叶蛋,只有耳朵边上和头后头一圈还有头发。头发倒是乌黑的。人壮鼓鼓的,挺胸凸肚。勿像血液研究所的领导,倒像个白手起家的石油大亨。

"这个嘛,和踢球有点像的,赌誓罚咒要赢下来的,一定会得输了老惨的。"伊后背心对牢我,立在装饰橱前头,没马上倒酒,香烟盒子里拿根香烟出来,点伊炀。自来火老早隐脱了,伊还在手里头摇了摇,摇了摇,像在强调伊刚刚讲的闲话。

勿对头，伊是勿晓得挨下来要讲点啥了。我盯牢伊两只手，手老大的，手指头又粗又短，勿像医生，倒像做力气生活的。瓶塞头慢慢拔出来，一声微弱的呻吟。哗哗哗，一泻而下，两只杯子里头倒了大半杯。伊走过来一杯递给我，朝边上只小沙发上一坐，圆滚滚肚皮搁在大腿上。

我本来想讲：勿许再生产抑制剂了。一开口就变成："侬欺负阿拉姐姐。"每天打一针抑制剂，这个啥代价。抑制剂这么快开发出来了，成本更加天文数字了。

"嗯？"马所长盯牢我看，眼光又黏又滑，钻到我眼睛里来了。

我听见，脑子里有只开关，"咔"一记揿下去了。

就在我坐的这只沙发上，姐姐被伊欺负了。这样想的辰光，其实我也老清醒的，在心里警告自家，要紧生活工作先做，和伊只赤佬搭界的事体问问清爽先。

我是撞在茶几上，拿伊撞了歪出去了，再像汽车强行变道一样冲到茶几和沙发当中的空档里，两只手搭牢伊头颈，朝死里向搭。伊想掰开来，两只手力道老大的。好得我先下手为强。伊头颈上气管凸出来，像薯片一样老脆的，只嘴巴歪着，一股老酒臭喷出来，恶心勿得了。我越是想拿龌龊甩脱，越是用力。薯片勿像我想的"劈力拍辣"碎纷纷，伊头颈一记头软下来了，隔了一歇，两只手落下来了。

我回出去，外头办公室里电脑屏幕隐脱了，显示器上只有绿颜色小灯亮着。我鼠标动一动，转椅上一坐，用日脚日期来搜，有只HTML文件"吸血珊瑚"。我点开来，老快看了看。寄生植物勿是用在我这种情况上的，伊勿是医疗用的，完全相反是打仗用的，鸟翅膀接在人身上。"72"，这只数字我印象非常深，既然是打仗，人就变武器了，翅膀接上去的人只好活72个钟头，到最后一个钟头，吸血珊瑚会得疯狂生长，拿寄生对象吸了精打光。

我寻着只"临床对象00号"的文件，里头是我的情况。我没兴趣，彻底删脱。又搜了两遍，没搜着第二个临床对象。我松口气，开始搜伊只赤佬的名字。地址寻着了，居然在浦东一家养老院里，真叫缩头乌龟。我一面屁股拿椅子弹出去，一面立起身。这趟一定要弄脱伊。车子靠勿牢，一定要亲手搦下去。

我办公室一出来，对过墙上只探头就跟牢仔转过来了。我对伊看看，当伊空气。伊只赤佬，再有别的赤佬，只要想拿我和姐姐拆散脱的，统统弄脱。我要接一对雪雪白天鹅翅膀，抱牢姐姐飞到天上去。

揿一记亮了。我等电梯一层楼一层楼上来，突然想着一点，临床试验对象只有我一个人。抑制剂刚刚开发出来，失败可能性是非常高的，还有讲勿清爽的副作用。我变实验室里的洋老虫<small>小白鼠</small>了。伊只赤佬可以在我的临床试验基础上……

银白色电梯门像面镜子，我看见自家眼泪水鼻涕水混在一道拖下来，像个受委屈的又无能为力的小朋友哭了伤是伤心得来。

"戳俹！"

1

应该是十几年过脱了。我手机没，也勿上网，报纸更加勿看了。对辰光的概念就是在四季变化里。

勿是温度变化。冷热,我觉勿着的。也勿是景色变化。连得树叶子绿了黄了,我也勿注意,因为路灯灯光下头,树叶子看起来全是枯的。

我坐在沙发上,胸口头抱了一个女人。从棉布睏衣的厚薄看,我想应该是秋天了。

沙发对过墙头上,电视机还开着,刚刚来勿及关脱了。我只好一面看,一面等结束。是动画片,已经到最后了。小胡子侦探靠在椅子上,眼睛闭着,开始推理指出真凶了。

觉着我节奏慢下来了,女人动了一动。

"圈套是姐姐的男朋友设计的。表面上是为了让姐姐救弟弟……"侦探滔滔勿绝。一句一句,我明明听清了,但是模模糊糊像雾涌到耳朵里。我身体飘起来了。

唯一可能性,就是在伊只赤佬断断续续还可以发声音的半个钟头里,装了好心告诉姐姐,地下室可以通到洞里,洞里的吸血珊瑚可以救我。这个肯定勿是伊的本来用途。就像我邀请伊只赤佬兜风一样,是为了拿伊弄脱。

"伊还叫姐姐发誓,一定要先救弟弟。"侦探讲好了,眼睛睁开来,意味深长的看牢台上的蜡烛。

女人手指头在反光,像一根银线拿我牵牢了。

血吸光了。皮肤更加白了。

这也是我一直逍遥法外的原因。我从基本的"食物"起,完全变了。抑制剂让吸血珊瑚异变了,我没被吸光,但是日日要用血来喂伊、喂我。我又用力吸了一口,还有一滴流到嘴巴里。

哭这个功能老早就没了。这个最后一滴,好像一滴眼泪水。

上海夜笔记

　　我拿女人轻轻横在沙发上。静静望下去,从侧面看,伊有点像姐姐呀。
　　我电视机关脱了。房间淹没在黑暗里。

四面暗下来了,像深海海底。牙齿白了像珊瑚的石灰质遗骨。

魔 音

1

"佴爸爸勿是关照过侬的嘛,在温室里乖乖叫看展览?"

"没劲。"小姑娘只左手从大腿下头抽出来,食指指尖轻轻从沙发扶手上滑过去。

"侬是走啥路过来的?"

"靠墙头。"

法国公园西横头有条老小的水泥路,只有扫垃圾的黄鱼车在这条路上跑跑,到公园里白相游玩来的人老少会得去的。怪勿得没看见伊。

"侬一个人跑到假山里去了,佴爸爸会得担心事的呀。"我眼睛盯牢伊,伊又滑了两记,再缩转去,手背面朝上,又压在大腿下头去了。

"我在小荷花池看鱼。爸爸也老欢喜鱼的。"

"在假山洞里,侬看见吸血鬼了。"每趟问到这里,伊眉毛有点竖起来,表情就是非常生气的样子。

"侬哪能会得到山洞里去的啦。我还当只有男小囡欢喜钻山洞咾钻地道咾这种打仗游戏。"

伊勿接口。我看看笔记本,读下去。"洞里头有股潮气飘出来。暖烘烘的。"

一个非常敏感的小姑娘。大起来会得和我非常像。

我悄悄又拿伊看了一遍。面孔圆兜兜的,上头两只黑眼睛非常活络,头发披在肩胛上,像刚刚用香油汏过,乌黑,的滑,锃亮,看得出屋里底子蛮厚的(家境优越)。丝绸连衫裙,天蓝色的,黑颜色圆头皮鞋,小腿象牙一样又白又嫩。

"阿拉再过遍好哦。里头黑骨隆冬的,等侬眼睛看得出了,对过立了个女人。面孔侬没看见,长头发遮没了。头发湿漉漉的。外头又没落雨,头发哪能会得湿的呢?"

"是湿的呀。"伊喉咙响起来了。

我笔记本里的记录读出来。"伊五官里唯一露出来的是一只耳朵。侬觉着耳朵像只白蝴蝶。"

"只有一只翅膀。"

"伊在做啥?"

"吸血鬼在伊背后头,左手抱在伊腰上。伊腰扭了一记。"伊背脊挺起来了,像要做只示范动作,半路上变主意了,肩胛又放松了。

"吸血鬼先勿谈。阿拉一个一个来。先讲这个女人。伊着(穿)的啥衣裳?"

"没看见。"伊大拇指和食指在鼻梁骨上靠眼角地方捏了一捏,看看我,左手又开始在沙发上滑过来滑过去。

"一般性一个人面孔看勿见,视线就会得集中在伊身上。"

"是没看见呀。"

"是裙子哦?像侬着的这种。"

"这个是小囡着的!伊是大人了呀!"

到我这里来的小囡没一个勿是面孔涨了通通红,眼睛看也勿敢朝侬看。就是伊头上出角。所以定规要问了伊勿耐烦了动气,勿用脑子来回答问题。

"牙齿老白的,会得发光的。"

"洞里头光线勿是勿好嘛?是吸血鬼牙齿在发光?"

"勿是勿好讲吸血鬼的嘛。"伊嘴巴角朝上动了一动,老轻蔑的。手摆转去了。

"这个女人在做啥?"

"伊透气声音老响的,有回声的。还解开三粒老小的纽子,朝下头拉了一拉,头颈就露出来了。"

"是主动让伊吸血的?"我在笔记本上添了一条"三粒小纽子"。

"还有右手哎。"伊突然出来一句,对我看看。"吸血鬼右手掀在伊胸口上。上头肉老多的,手指头全掐到肉里向去了。"

"嗯?"

"伊想拿伊挩挩牢夹牢。这样刺痛了,也挣勿开了。"

"啥叫刺痛?"

"戳进去的辰光。"

我屏牢了,喉咙口还是有点点高音漏出来。

"是牙齿。"伊有点神抖抖,刚刚讲了句超出伊岁数的闲话。

"电影里看得来的?"

"书里向。"

"侬买了老多吸血鬼的书?"

"我是书店里看的。买转去会得被发现的。"

"侬毛病就是早熟。"这一句我差一点劈口而出。早熟但是勿哪能聪明,倒还有点朦朦胧胧的直觉,警告侬禁区在啥地方。早熟再加聪明,就会得升级到老茄三千<u>卖老</u>,拿禁忌当高级游戏。

"伊皮肤老细洁的,所以血的质量勿错。"

"嗯。"

"一上来,出来的血,老细一条像水龙头要停水快了。"伊有点兴奋了,自家还勿觉着。

"为啥?"我尽量让伊多开口。

"伊裙子下头两只大腿老粗的,血大多数沉在下半身,要吸上来老困难的。"

我铅笔倒转过来,橡皮头在笔记本上<u>毵</u>_{轻击}了两记。"伊着啥衣裳,侬勿是想勿起来了嘛?"

"哦。"伊顿了一顿。"后来好几根血管吸空脱了,压力变脱了呀,血就朝上喷了呀。吸血鬼嘴巴一动一动,像气透勿过来,勉勉强强跟得上。"

"书里向写的?"

"勿记得了。"

"吸血鬼长了啥样子,侬看见了哦?"

"伊在背后头吸血,头低着,我哪能看得见啊。"

"着啥衣裳呢?"

"被这个女人遮没了呀。"伊老恨的,叫起来了。

"侬勿是没看见。侬聪明来兮的,书里向应该看过的哦,精神创伤会得压抑侬……"

"侬压抑。"伊咕了句。

"记忆当中一点片段被侬自家删脱了。"

"我统统记牢的。"

"是哦? 侬为啥老是做恶梦呢?"

"因为我记了越来越清爽了。一点也没忘记脱。"伊死死盯牢我看。

"这个是好事体。侬开始准备面对了。"

"面对侬?"伊回了句嘴,嘴巴噘起来,面孔侧过去勿看我了。

"面对真相。假山洞里的。"

"世界上就是有吸血鬼! 侬就是勿相信!"

"倷爸爸要我帮侬。侬也勿想再做恶梦了是哦? 侬要勇敢点呀。"

"我还看见伊嘴唇皮老厚的,舌头也老厚的。这种类型吸血鬼顶欢喜勿过,勿会一碰就瞎叫八叫。"

"我嘴唇皮就老厚的。"我对伊笑笑。"侬讲过的,只有一只耳朵露出来,还记得哦。"

"我要转去了。"伊两只手抽出来,手心朝上,再插到大腿下头,裙子在屁股上包包紧,屁股一弹,从沙发上跳下来。

"好哦。侬下个礼拜四还要来的噢。"

"勤要!"

"这个是医生决定的。"

2

温室边上小路,对面对走过来一个男人,瘦瘦长长的,三十几岁,头发留了蛮长的,三七开,小胡子,尖下巴,卖相蛮英俊的,有点像女扮男装。

伊的猎物,着了条绿颜色连衫裙,裙子底下头大腿老结足的,皮肤细洁,表面有层黄昏的金色光芒,像一池子橄榄油晃荡晃荡。一个肤浅的、觉着没劲的家庭妇女,夜饭预备好了出来透透气。

男人微微一笑。两个人一句勿搭讪,肩胛擦肩胛过去了。和男人在马路上看见一个腰身细屁股翘的小姑娘两样,女人是勿会头回过去睒发睒发的。这样更加讨厌,在心里头盯牢仔伊的后背影,肩胛老狭的,屁股老小的,腰身比伊还细一寸,走路辰光腰板挺了老直的,两只长脚像螳螂一样跨出去。

嘴唇膏像有点点化开来了。

伊嘴唇皮马上抿紧了。一看男人腔调就晓得伊是情场老手。危险的呀。勿晓得为啥,女人就是心甘情愿的,为仔伊发痴,变了轻薄。

阳台下头就是公园,望下去像只模型。一块一块深绿一块一块淡绿,难板偶然是一块咖啡色,再有零零碎碎的黄和红。

"伊想起来了哦?"

我看牢自家映在窗玻璃上的影子,嘴唇膏特别红。一点也勿想开口,又没办法。我在心里头叹口气。"侬是哪能寻着我的?"

"我想领伊看心理医生。"

我头摇摇,当然也是在心里头。"网站上有我照片。"

"侬写的手机号头只有10位数。"

"侬心忒急了呀。"

"我试过老多趟了,最后只数字从0到9。全勿是的。"伊头沉倒,两条手臂像两根木头搁在腿上。

"滑稽哦。侬也要看心理医生了。"我人转过来让伊看看清爽,无袖连衫裙,湖绿色,半透明。

"喏,裙子,和伊日仔那一天一样的。"

"伊勿应该看见的呀。我真的想勿到,伊会得跟过来的呀。侬帮帮伊哦。"伊头抬起来。"我爱侬。我也爱伊。"眼泪水顺了小胡子流下来了。做梦也想勿着,看起来像情场老手的男人还会得有这个一面。

"我一定尽力的。"我头用力点一记,老郑重其事的。一个半钟头前头,我无名指上的钻戒,伊已经看清爽了。就在伊讲这三个字前头,又朝我无名指上瞄了一眼。写字台上的家庭照片应该也看见了。

"侬先出去哦。我下头还有病人了。"

"㑚老公,伊是做啥的?"

"网上查勿着?"

"大约摸看了一看。"

"伊是专家,神经病学的。老吓人的。"我朝茶几走过去,裙边在黑丝袜上擦发擦发,唑唑响。一口气抽了四张面纸。我立在伊面前,居高临下塞到伊手里。"㑚囡儿有我就够了。"

伊捧好在手里,还勿想起来。

"上趟,侬没着丝袜。"伊还有一句没出口:侬也没戴钻戒。

"伊还在外头等侬。"我在伊肩胛上轻轻拍一记,觉着伊肩胛绷了老紧的。"这只沙发侬想试试看哦?"我喉咙比平常尖了。

伊眼皮翻了两记,眼乌珠盯牢我眼乌珠,隔了半分钟再拎清我勿是在邀请伊。伊眼睛里暗下来了,口气有点怨。"我日日想侬。夜里觉也睏勿着。"

"先想想俚囡儿哦。"这是我的缓兵之计。

"侬小囡有哦?一个儿子?"

"阿拉下趟再好好叫谈。"我绕到侧面去,避开伊只手。两只手托在伊臂把撑子上,托伊起来。"再勿出去,伊要疑心了噢。"在伊答应我前头,我手伸过去门拉开来了。

听见门锁响了,小姑娘摆了只 pose,一门心思在舔冰淇淋了。

"我会得想办法的。"我和伊客客气气手搀搀_{握手},又眯眯笑对小姑娘手甩甩_{挥手}。

3

我电脑前头一坐,手伸过去开的倒勿是电脑,是靠墙头只无线电。这只是老公的收藏品,大了像半只碗齐橱。我连吃三根香烟。天气预报,音乐,广告,热线电话,老快到了一种半梦半醒的状态。吃第四根辰光,可能隑在电脑椅上睏着过一窹_{一会儿},留在香烟上的香烟灰有三四公分长。

我音量隔轻点,人坐直了,头颈转一转,拿头发一盘头,在头后头用大塑料夹子夹一夹牢。

　　网上搜"吸血鬼",基本上全是青春吸血,美了让我有种冲动,要寻一只得香港脚的脚趾头,含在嘴巴里。

　　只章鱼论坛蛮有意思的。呒啥人气,帖子也勿多,像块坟地,淹没在城市扩张当中,只挺下来几块坟碑了。可能就在已经倒闭的街道工厂里,隔开道铁丝网,前头是一爿 24 小时便利店。小姑娘冰淇淋上扯下来的包装纸,被风一吹,贴在铁丝网上,风又吹了一阵,包装纸从网眼里钻过去了,飘到坟地里去了。

　　主题:吸血蚊子
　　查看:9| 回复:0
　　1#狂野女王 2003-10-24 00:27
　　商品描述:
　　蚊子卵。
　　商品价格:
　　每年寄十倍蚊子卵回来。
　　商品信息:
　　原产地亚马逊雨林。
　　血管割破脱,蚊子卵放进去。
　　伏孵出来了,变蚊子了。
　　人体血液加速流动的辰光,蚊子翅膀会得拼命扇起来的,发出来一种震波,大人耳朵是听勿见的,小人会得崩溃。
　　注意事项:
　　血管进去了,就算浑身血调一遍,也清勿脱的。

交易方式：

有需要，请发站内消息。

我消息马上发过去了。

我朝椅子背上一隑，音量隔到伊顶大。想象雨林深处，五千年前头对月亮神的祭祀出毛病了，一个十岁童女入魔了。伊常常变成一个美少女，丹凤眼，长头发乌黑铿亮，身材纤细，刚刚发育起来，看见伊的男人没一个勿迷的。伊吃的是男人阳气。为了弄清爽自家艳遇的是人呢魔，男人拿蚊子卵吞下去。一旦冲动起来，血加速流动，这种变化影响到蚊子，伊拉翅膀拼命扇起来，这种刺耳朵的声音，成年人是听勿见的，魔女倒会得头痛了爆开来，原形就显出来了。

我又在想象当中加了一条，有人用来暗杀继承皇位的小朋友。

天下世界也就是科学家了，对巫术顶相信了。就算将来暴露了，警察也会得"去"笑一声的。

1

太阳光刚刚淡下来。公园里灯亮了，有气无力的照在灌木上，瀴灭起来一蓬淡蓝色薄雾。

假山高勿高的，石头一块一块横着叠成的。山上树蛮多。朝北悬崖上凸出块老大的石头。我五六岁辰光，石头里还有股人造瀑布冲到碧潭里。瀑布老早堵脱了，碧潭也空脱了，只挺下来点残景。

悬崖下头有只山洞,洞边头有条小路好穿进去的。我牵牢伊只手,手指头紧紧缠在一道,踏到幽暗深处。

"侬吃得准哦,这种……有用哦?"

"情景再现成功勿成功,还有偶然因素。"

"侬成功过哦?"

"在我身上成功过。阿拉爸爸是业余心理学家。"我马上拿伊闲话拦牢。"伊是自学成才。十年动乱嘛。"

伊点点头,回到伊一直想开口问,又几趟屏牢勿响的问题上。"阿拉要做的,超出伊年龄了哦?"

"我和伊谈过好几趟了。伊老早熟的。再讲阿拉就是抱抱,香香嘴巴咯啥。后头我会得和伊沟通的,这点是人和人之间顶美好的感情呀。"

"侬勿吓啊?伊想起来了,阿拉事体就要穿绷了。我是勿搭界的。<u>佴屋里头</u>你们家里比我幸福呀。"

"伊会得告诉啥人听呢?伊和伊拉妈妈勿亲的呀。"

"阿拉丈人老头在北京,侬晓得的呀,权老大的。阿拉囡囡和伊打电话,一打就是两三个钟头。"

"为了小囡的将来,老多物事是好牺牲脱的。"

伊笑了,薄薄的嘴唇皮一弯,眼睛眯了两眯。其实还有点忧郁,更加吸引人了。

"我真的爱侬。我老早就想和伊离婚了。"

"相信我好哦。阿拉哈佛毕业的。"

"嗯。"伊左手搭在我腰上,在我耳朵上香了好几记。

我晓得哪能让伊神志野舞<u>乱来</u>。我轻轻叫了一声,伊马上屏勿牢了。"伊没这么快来的。阿拉还有十分钟。"

伊听见了,停了一两秒钟,右手揿在我左面只奶上,力道老粗的。

就算我胸再大,也觉着老痛的。

老快就兴奋了。

我腰扭了一记。伊手上力道越来越大,拿我掰两手合抱了老紧老紧的。伊心跳了真叫快,像鞭子一记连一记抽在我背心头。

我老快吸口气,呼吸屏牢了。有个人从小路上走过来,脚步声老响的,勿是阿拉要等的人。越来越近了,离阿拉只有两步路了。皮鞋底老硬的,踏在小石子上,隔拉,隔拉。我有点上心事。伊倒是一点勿听见。

脚步声过去了。和两个号头前头一样,想到转去辰光连衫裙皱了一团难看相,我拿上头三粒小纽子解脱,领口还朝下头拉了一拉。伊像被啥人推了一记,碰着我皮肤一刹那,嘴唇皮吸了牢是牢来,舌头非常活络,轻轻蠕动,像在翻来覆去嚼啥物事。

头发散开来了,遮在面孔前头,摇记摇记。在头发丝缝道里,我看见两只脚,着了双白袜子,和一双黑颜色小皮鞋,抖抖豁豁踏进来了。

突然,我又立在洞里了,辰光是廿年前头。一股潮气从面前飘过去,感觉上有一条暖流在远去,朝温度更加低的树林子里飘得去了。

我忒聪明了,觉着老奇怪的,这个季节老干燥的,勿落雨,假山上瀑布也封脱了,啥地方来的潮气呢?

马上,我就看见吸血鬼了。

嘴巴和新娘子一样红，张了老老大，大了几乎豁开到耳朵上了。牙齿一粒一粒鲨鱼一样尖。好几秒钟，就这样张着一动勿动。我明白了，伊在品味道。流过伊舌尖的空气，被这个女人体温加热过了。

女人头发遮在面孔上，立在前头。人僵牢了，像一块木板，整块在抖。

吸血鬼左手手臂圈在伊腰上，像铁箍越箍越紧，右手朝伊胸口头揿下去，力道大了伊马上勿抖了。

四面暗下来了，像深海海底。牙齿白了像珊瑚的石灰质遗骨。

戳进去了。吸血鬼嘴唇皮马上吸上去了。我眼睛里只有一只血血红漏斗，咽嘟咽嘟穷响了。

女人嘴巴张到一半，像在无声的叹息。眼皮跳了老快的。黑暗里，眼泪水银子一样亮，别力薄落_{粒状东西掉落下来的声音}，落下来了。突然，两条手臂甩起来了，烂抓八抓，想捉牢点随便啥物事好让伊留下来。

远远，教堂里在敲钟，声音传得来了。

钟声是捉勿牢的，只会得一点点越飘越远。一直到余音也消逝了。

最后，伊一点点滑到地上。眼乌珠弹出来了，眼光空洞，盯牢山洞顶上。

吸血鬼眼睛眯成一道缝，面孔上表情看起来醉醺醺的。小胡子上血一点也没沾着，就是嘴巴角上有一沰暗红色亮光，像匆匆忙忙吻别，嘴唇膏印子留下来了。伊舌头伸长舔干净了，又仔仔细细在白衬衫上摸了一遍。伊对我笑笑，笃悠悠走出去了。肩胛擦肩胛过去的辰光，好像还在我头上拍拍，好像又没我头低下来,望下去,横在地上的人白了像透明了,老快又枯黄了。

隔了这么许多年数,总算看清爽了。

勿是妈妈。

着的也是一件绿颜色连衫裙,裙子下头大腿也老结足的,皮肤也老细洁的,但是,伊肚皮没凸出来。

妈妈是大肚皮^{孕妇},已经六个号头了。

爸爸从我"恶梦"里得出来的结论,也就是妈妈在外头轧姘头,完全错脱了。伊的情景再现失败了。阿拉一家门^{一家人}也像流产一样失败了。

5

"是教堂里敲钟的声音。肯定是的。"

"圣伯多禄堂的神父,警察去问过了。这天没敲过钟。"

"钟一敲,山洞里的石壁就呼应了呀。"伊视线跳开我,盯牢窗口看。外头只有空荡荡的蓝颜色天空。"伊立的位置勿对,我资料查过了……"

"伊立在啥地方,侬又没看见。"

"我看见的。还看见一波一波涟漪兮兮的物事朝伊涌过去。"伊眼光和我对了一对,又回到天上去了。

"此地有记录的。"我铅笔倒转,橡皮头在笔记本上毃了两记。"侬上趟讲过的,啥也没看见。"

"我听见的,伊血滚起来了,像在微波炉里加热了。"

我买了忒多了。也可能女人用这个物事,效果更加厉害哦。

"我的意见是,囡儿失踪这只案子,侬还是没办法面对。已经廿只疗程了。我看还要廿只疗程。"

"这种涟漪兮兮的物事,应该是震荡波,让伊的血……"

"就像塑料瓶装的可口可乐,狠狠摇了十几记,再拿盖头开开来?"我屏牢了没讲出来。看起来老小只塑料盒头,里头装了一千粒蚊子卵。一粒一粒放进去,花了我三日功夫,手上脚上血管割破十几根。

一千只吸血蚊子翅膀扇起来,像海啸哦。连得成年人退化了的感觉器官也隐隐约约觉着了。

小姑娘身体里压力越来越大,像碰着个冤家从后头死死拉牢伊头发,拉了伊只头越抬越高。眼乌珠弹出来了,舌头也拖出来了。

两只脚只有脚尖着地,像要飘起来了。伊右手抬起来想指牢我,突然,血从眼睛、耳朵、鼻头洞、嘴巴里喷出来了,勿断的,像七股喷泉朝上合成一条小河浜,在空气里流动,钻到山洞顶上的石头缝里去了。

身体枯脱了,马上震了碎粉粉了。

我拿伊留在老地方。出去辰光,迷你瀑布从假山上流下来了,暗红色的。空潭潭里,已经有得一大块结成黑颜色了。夜里没人看见。

"侬嫌比讨厌我了?"伊视线回转来了,看看我,样子老担心的。

我笔记本摆在茶几上,吃了两口糖水,手心在额角头上捂脱一歇,头浑好一点了。"我最近有点贫血。"

"侬勿会得拿我当神经病哦?"

"是精神创伤。"我人朝前头斜点,隔了茶几拍拍伊手背面。"我是侬医生,只要侬愿意讲,我永远愿意听。"

"我总归觉着,阿拉老早仔有过一段……好像阿拉老早就认得的……"伊朝写字台上家庭照片望过去,思想开小差了。

我轻轻咳嗽一声。

伊头沉下来,勿敢看了。

"一段啥?"我对伊笑笑,心里觉着老轻松的。阿拉一家门勿会得拆散脱了。小辰光的恶梦勿会得在儿子身上再来一遍了。

"下个礼拜四。"我台历看看,圈了只圈。

　我是烧成灰了,生命完结了,其实还留在这个世界上,因为大家一直在想这只魔术、这个魔术师,勿管是畏惧,还是怀念。

黑　鸟

1

雨落了老大的。柏油马路上积的水像一只一只深深浅浅的小湖泊。横穿马路的距离像长许多了。

我看看门牌号头,觉着勿大对,还是朝弄堂里转进去了。右手里是新式里弄,当中一份人家园子里种了棵老大的树,几乎拿窗口遮没了,昏黄灯光从树叶子缝道里透出来。左手里是百货公司大楼后背面。公司一个钟头前头打烊了,只有三层楼一只窗口里日光灯亮着。靠大楼有条阳沟,两尺阔,里头树叶子一层又一层,黄里带黑,排水管里腽腌水哗哗哗涌出来,伊拉结牢了一样动也勿动。

假发套落湿脱了,份量重了,搭在头皮上水淌下来,像只老大的水老虫匍在上头。鞋子也进水了,咯吱咯吱响。我几趟下决心,还是没调头转去。淋淋雨,我也没清醒几化(多少)。朝里走再发现这个一块是里弄、工厂、新村、办公楼、商品房混在一道的。看起来对方真的是我粉丝,我小辰光蹲(住)的地方和此地蛮像的。

走进去路蛮远了,又转只弯,在 motel 霓虹灯广告牌下头,我立停了。酒店一共二层楼，对过是石库门，后头是幢白颜色马赛克的办公楼。

酒店门口头有两块老小的草坪，萎糟糟的，摆了几只石膏像。我只认得出里头一个，维纳斯。两扇门是紫铜色的铝合金门框，镶了茶色玻璃，门把手是两块长方形铝合金，横在门当中的。门两旁边的墙面上开了一排窗，老小的，和轮船上的舷窗老像的，只不过是正方形的。窗也是茶色玻璃的，雨倒没落着，玻璃上的灰尘，看得出一年一年积了老多年数了。

风大起来了。雨点子一粒一粒像珠珠一样，夹在一阵风里飘过来。我哈出来一蓬气，白茫茫的。用点气力，门推开来一半，大堂里蛮暗的，前台天花板上四只射灯照下来四道光，远开八只脚，我也觉着热量照到皮肤上来了。灯下头是东京、纽约、巴黎辰光的七八只圆钟，钟外头一圈壳子淡金色的，闪闪发光。

我人侧过来，门里头进去。前台里没人，右面只角上是块搁板，好翻起来的，搁板右面是根柱头，上头包的是咖啡色护墙板。再朝右去，立了一个领班，外头着了件黑西装背心，里头着了件白衬衫，衬衫汏了趟数忒多了，布料熟脱了，有点透明了。伊眼睛眯着，瞓痴懵懂因瞌睡而糊里糊涂的，头颈上戴的黑颜色领结倒蛮精神相的。伊立的只角里头，射灯照勿着，领结像纸头做出来的，化纤弹性一点也显勿出。

领班眼睛睁了大一点了，舌头在嘴巴角上舔了一舔。我沙发上坐下来，面孔板着，也勿招呼伊。伊走到半路上停下来了，疑注疑惑的看看我，两只手摆在背后头退转去了。伊勿睐我了，头抬高一点，对牢门口头的雨篷看，上头雨像瀑布一样泻下来。

沙发发出来的冷光,朦胧乌黑。我手心在扶手上摸了好几遍,人造革的,潮气吸足输赢到极点,滑黏黏,冷丝丝。雨落了更加猛了。雨点子落在雨篷上,声音老响的,像马在奔,远一点的地方,雨像雾一样,从树叶子上轻轻擦过去。

阿拉在网上谈了非常投机。我近两年的巡回演出,勿管是在日本还是在西班牙,伊全去看过的。

伊的房间,可能就在我头顶上。小圆台上开了一只台灯,桔红色灯光亮着。阴雨天气,这种浓郁缓慢的光芒就是让我觉着脆弱多情,有种愿意为爱牺牲的冲动。走出去前头,我头抬起来望了一望。

但是看见一只活骷髅,勿管啥人全要恶心的,伊面孔上一记头冷下来了,像结冰了。到辰光勿单单是失望,应该算遗憾,人活是活着,就是只挺下来一只空壳子了。遗憾,勿是自家要死快了,是自家老早没好好深入的几百万只机会,每只机会是一种可能性,只要有一种可能,我就勿会像眼门前这副吞头势糟糕的样子。

2

冰箱开开来,灯一跳就亮了。光是澄黄的,非常清爽。昨日仔吃剩下来的半瓶香槟拿出来。门关脱,房间里又是黑黝黝,静悄悄了。门上液晶显示屏蓝莹莹的,借了这个光,倒了小半碗。

我老早买的水晶杯,样子像朵郁金香花,在我确诊的夜里,吃一杯攒一只。因为一看见曼妙杯身,我就想起来了,只要碰着吸引我的女人,马上请伊拉到屋里头吃一杯,魔术表演就开始了。

瓷碗里花是蓝颜色的,一朵一朵老小的,我觉着更加配香槟。只要慢慢吃下去,清冷、芬芳的泉水流过险恶、幽深的山涧,正在腐朽的血管像空白银幕,突然,放映机拿春天的影像投上去了。真的有几秒钟,会得忘记脱自家要死快了。

后窗推开来,没风。又倒了小半碗,吃了更加慢了。

下头一大块空场地,机器全停着,灯光亮了刺眼睛,像人造星星。八十多年的弄堂推倒了,现在是地铁10号线工地了。马路上没车子,柏油黑了㐮浮起来了。

手机在震动。光纯白的,像异次元空间被挖开来一只老小的口子。半夜里的电话一般和死搭界的。我心跳起来。来电显示一看,是萧君只电话号头。我手机拿起来,三脚两步朝浴室里去,开始化妆。

♪

广慈医院37号楼,二层楼房子,墙头是石灰白的,法国文艺复兴风格。我和萧君是等检查辰光认得的。两个人都生血液绝症了,生活都勿好做了,也都参加了W3新药计划。

萧君老早仔是理工大学里的文学院讲师,崇拜兰波。伊手机里有张三年前头的照片——汗衫,西装短裤,赤脚着双风凉鞋子,矮矮壮壮的,腔调像个农民。照片全是单人照,我猜伊女朋友还没是因为面孔容易红,一开口就激动,馋唾水常常喷在人家鼻头上。

"汏手间,小办公楼里头的,侬晓得哦?"萧君问我。这天晴日头㐮晴天,阿拉坐在廊檐下头像养老院里的老人在等吃饭。

我点点头。小办公楼也在 37 号楼里,建筑上勿是分开的,区域上是医生办公用的。只汏手间老小的,男女共用。

伊讲了七颠八倒,我马上就听懂了。上个礼拜五,萧君在这只汏手间里头。门外头嘻嘻哈哈,是两个护士。伊撑洋伞了,尿也射勿出了。伊牙齿咬咬紧屏着,伊拉总算走了,过道里静下来了。突然,门把手转了两记,门硬劲推进来了。萧君吃一惊,盯牢边上面镜子。镜子里是个实习护士,人看起来老小的,长了和小学生一样的。实习护士呆了一呆,通过镜子,眼睛从上头瞄到下头,没极叫一声逃出去,倒转来微微一笑,手顶在门上又停了一秒钟,再一放退出去。萧君拉链拉了半日天,总算拉上去了。裤子前头一大块潮脱了。伊就着了这条裤子,洋伞撑着一跷一跷,连得检查也没做就转去了。为仔这桩事体,伊一夜天没瞌着。

我笑了开心煞脱了。是生毛病到现在,头一趟笑出声音来。伊看勿懂了,眼睛睁了老大盯牢我,吃勿准我在笑啥,也吃勿准自家应该光火哦。我拍拍伊肩胛,请伊吃中饭。

阿拉勿好走远,就在医院边门这爿龌龊兮兮的小饭店哦。招牌旧了褪颜色了,还少脱两只螺丝,风吹上去摇记摇记。饭店门口头有三棵杨柳树,样子像抽筋了,但是杨柳条老漂亮的,像女人头发飘在风里。

"阿拉调爿店吃好哦?"扶梯刚刚上去,还没坐下来了,萧君像只猢狲,头颈被绳子吊紧了,身体硬挢挢的缩在主人边上。

"吃吃嘛好咪。"我坐下来,跑了衰痞累煞了,勿想动了。

觉着立着人忒长了,萧君屁股搭在火车位子上,象征性的坐下来了。"伊面那里。伊面只台子。"

我望过去,一个小姑娘,后背影看起来瘦瘦小小的。伊对过坐了个小青年,面孔上全是青春痘。我马上猜着了。

"勿要看了呀,伊要看见的呀。"

"侬豪愣快上去,和伊打个招呼去。"

"快点跑哦。"萧君要哭出来快了。"吃饭我全挺张买单。"

我要走前头大扶梯,萧君还勿许,领了我走后头只小扶梯。小扶梯是人家跑菜派用场的,上头一层油腻老厚的,黑黝黝的,像老搢身上积垢一样的。一个男服务员瞄着阿拉了,觉着阿拉腔调勿灵光形迹可疑,问一个女服务员:"伊拉钞票付脱了哦?"

"伊拉还没吃咪。"女服务员也觉着莫名其妙的。

男服务员非常讲礼貌,一面喊阿拉,一面手甩发甩发:"先生!先生!请俫走前头的大扶梯呀,这只小扶梯忒滑了呀!"

萧君一面朝下头赶,一面嘴巴里回答:"谢谢!谢谢!"

"通"一记,我一面笑,一面滑下去了。萧君看看拉我勿牢,只好避避开。我像块四四方方的冰,一路滑到一楼厨房间门口头。

这个男服务员非常好心,还在扶梯上哇啦哇啦喊:"哎呀,当心啊!"

我肋棚骨断脱三根。横竖反正我毛病本生就恶化了,也没进一步恶化。就这样,阿拉本生是病友,乃是朋友了。

1

转弯角子上,开了爿藏书羊肉馆,一开间门面,店堂间里头摆了四只折叠式台子,还有四只摆勿落了,摆到马路上去了。看见外头台子空,我一只塑料圆凳拉出来,坐下来先。

斜对过,吊下来一只赤膊电灯泡。下头摆了只铁镬子,汤白塔塔的,沸滚百滚,全是瀎沫子,一只羊头氽上来沉下去,两只眼睛眯着,面孔上还带点微微的笑。

"看见来电显示,我吓一跳噢,还当侬抢在我前头了呢。"我打打朋开开玩笑,其实是看见伊样子吓了一跳。

伊勿响。

"侬几日天没睏过了?"我看看萧君,着件黑颜色羽绒衫,根本勿是这个季节的,手上皮肤发青,像冻伤了。面白醶俏苍白,左眼睛充血了,右眼睛还算正常,就是眼黑比眼白多。

我讲啥,伊应该听见了。伊勿朝我看,眼梢朝另外两只台子甩过去,辰光蛮长了,还一声勿响。

"老早仔,我看伊拉勿起看不起他们。"伊开口了,讲了老慢的,一个字一个字像一粒一粒啥物事从嘴巴里吐出来的。

隔壁只台子上,一个男人六十岁出头,着了一套睏衣睏裤,头发灰白,有点鬈,贴在头皮上油光光的。一只手搁在台子上,一只手举着,捏了只一次性塑料杯,杯子里还剩两口黄酒。眼睛定烊烊的,望牢对马路只公共厕所。边上坐了个女人,在吃羊肉面,一大口一大口,面孔罩在热气里头。伊着了条踏脚裤,腰上屁股上的肉像某种软体动物正在朝下头爬。另外只台子上是个跑街先生,头颈里套了根黑领带,细了像条泥鳅。一只公文包靠在伊脚边头,上头龌龊了,全是泥点子。伊一面看手机,一面挖牙齿,挖出来的牙污朝地上"噗"一吐,用的力道大得来好拿地上砸只洞了。

"其实伊拉是力勿从心,起码魂灵和身体还是自家的。"伊喉咙老轻的,嘴唇皮动发动发,像在念经。

"侬嘛,文学院讲师咾。"我嘴唇皮嘬了一记,像声鸟叫,老难听的。蹩脚幽默。我突然想到,要是现在让我上台表演,弄出来的物事也是一样蹩脚,心又沉下去了。

和粉丝碰头的前一日夜里,我衣裳脱脱,浴室镜子前头一立。假发套勿戴,深蓝色隐形眼镜也勿戴,粉也勿揩,绝症和药物不良反应,拿我只骷郎头弄得来枯脱了,皮肤淡黄兮兮的,像一层老薄的膜,在骨头上绷了紧是紧得来,头发嘛,稀毛癞痢还有几根,头颈细了像根葱,胸口头筋骨一棱一棱好弹琵琶了。

我在浴缸里试试看仰卧起坐,一只也做勿起来了。

两年前头,我份量还有 150 斤。剧团里组织篮球队,我人是只有 1 米 81 长,但是肌肉力道老足的,大家让我打中锋,我在三秒区里位置顶得牢。现在是 100 斤也勿到了,到是还没到风一吹就有点飘的程度,但是顶风走路有点吭的。

"两三日天哎。"

"侬看起来比我好。"

"我越来越勿正常了。"

"阿拉本来就勿是正常人。"

伊像闻着啥臭味道了,眼光老厌恶的,直别别射过来。"我只想吃血。"

我刚刚想开口,一只影子,横着的,朝阿拉台面上扫过来。是老板娘过来了,眼影是蓝的,揩了像特种部队。伊步子老大的,过去辰光眼睛对阿拉白白,应该是看见阿拉点的白切羊肉一筷子也没动过,再有两碗面也涨脱了。伊回转去,人斜靠在账台上,只嘴巴开了闭、闭了开打了一大串呵嗨哈欠。

"药物副作用,牙肉是会得出血的。"我勿去看老板娘只嘴巴了,头有点痛,脑子里像听见花腔女高音从真空当中传过来。"阿拉寻爿粥店去,吃了清淡点好哦。"

"侬一想着血,身体里就老空虚的? 嘴巴里馋唾水就流出来了?"

"侬黑市买过啥药了哦?"

夜里头,天闷起来了,空气黏搭搭。伊喉咙拔高一点,声音像在哀嚎。"我白天勿好出门,皮肤只要太阳光一照着就会得焦脱,冒烟。"

"医生老早讲过了,血液出毛病了,表面看是视力、嗅觉咾啥,再有皮肤咾啥出毛病,其实是脑子出毛病了。"

"就在848终点站对过,弄堂里。"

"吸血鬼?"我觉着的,自家笑了老难看的。

"一个女人。我拿伊搭了昏过去了,只推扳差一点点了。"伊眉头皱起来,额角头上青筋一根一根爆出来,眼角上皱纹乱七八糟一条一条老深的。

"侬听我讲,脑子一出毛病……"

伊死死盯牢我,左眼睛里红颜色更加亮了。右眼睛里瞳孔大起来了,上头像着火了,出来一只一只小点子,全是暗红色的。越来越多了。密密麻麻了。整只眼睛是红的了。

乃这下两只眼睛全是红了发光的。

伊嘴巴张开来,两排牙齿,白了像漂白粉漂过的,一粒一粒三角形的,老尖的,像鲨鱼牙齿。"血液病这么结棍厉害,牙齿形状也好变脱?"

"侬睏在我屋里好哦?"

"拿侬血吃光?"伊嘴巴角上轧出来一条纹路,细细的,看上去像在微微一笑,眼睛里一丝笑的意思也没。

5

辰光介晏这么晚了,风还是一丝丝也没。天闷了勿得了,像雷阵雨又要来了。这条路上的水泥防汛墙是苏州河顶早造起来的一段,做工非常粗糙,摸上去一粒一粒黄沙凸出来的。靠墙的地上,烂污泥薄薄一层,上头野草一丛一丛。

靠右手的街道烟冷清清,像一年前头被轰炸过的。工厂倒闭了,在路灯光里看起来灰蒙蒙的。工厂和工厂空档里,东一只角西一只角,见缝插针造了点私房,基本上是四五幢房子轧在一筑堆一堆。房子老小的,二层楼的房子像两部面包车叠起来的。窗上,老多没玻璃的,用块硬纸板后头一潭挡。

我换了条马路,和萧君只影子并排并朝前头走。隔了老远路,就觉着伊要去的是前头幢高房子。

房子在工厂围墙背后头,和这里的建筑风格完全两样,感觉上孤独独的。本生是看勿见的,有间厂房挡在伊前头,但是厂房墙头挖空脱了,只挺下来六根柱头,像肉没了,骨架还在。

再走过去是条小马路,没看见路牌。萧君是没走过来。我立了一歇,从另外一头绕过去。这幢房子层高的确老高的,五六米总归有的。附属部分大概是汽车间也开始拆了,地上散了许多灰颜色砖头。大门烂脱了,木头纹路暴露在外头一丝一丝发白的,像牛肉干在嘴巴里嚼了老长辰光。门框上头雕了串花环,气派蛮大,老早仔可能是一家轮船公司办事处。

河浜上起风了。风老大的,真的要落雨了。走了这么长一段路,我力道也没了,敲门声音刚刚出来,马上被风刮脱了。

等了老长辰光,门吱一记,拉开来一道缝。"啥人啊?"

门背后是个男人。我没回答伊。隔了几秒钟,门开了大点了,香烟味道老结棍的,我喉咙口马上痒兮兮了。

黑暗里,是两只凸出来的水泡眼,从我头上看到脚上,像老酒吃醉脱的人,眼门前是啥人也看勿清爽。伊看的辰光比我敲门辰光长得多了,香烟味道过到我身上来了。

我也在看伊,一点一点看清爽了。面皮熏得来黄里带黑,像旧皮鞋里的鞋垫。胡子黑里带灰,没刮清爽,皱纹倒遮脱勿少。还没到秋天了,身上套了件粗绒线衫,里头没着衬衫,头颈露在外头,几根汗毛也翘在外头,白哈哈的,老长的。伊披披嘴,像要吐口馋唾水出来。

"来呀。"

我还没想停当_{确定},屏脱两秒钟,身体侧过来朝里去。门开的大小扣搭_{恰好}扣,我正正好轧进去。

"扶梯当心。"伊领我上去。

房子里头像没通电,我爬了半层楼,墙头老高的地方,有扇窗朝外头开着,路灯照进来,灯光老淡的,里头看起来更加暗更加阴冷了。差勿多每一块楼板都有洞洞眼,像一只一只嘴巴张开来,里头黑洞洞的,隔隔隔,隔隔隔,声音像在咳嗽。

阿拉爬到三层楼。伊手指头点点，点在过道开头第一扇门上。

“里头等脱歇。”听脚步声，伊下去了。

门敞开着。我踏进去一步，里头暗了啥也看勿出，闻着股味道，灰尘里混了种便宜香水，香了冲鼻头的。在我第二步踏出去前头，对这扇门看了一看，模模糊糊看得出门板老厚的，勿像会得自动閛上的。

黑暗自家开始变了，墨黑，淡黑，深灰，靠墙头的一块地板上是咸菜色，我走过去看了一歇，踢踢看，是只席梦思床垫，份量老重的，踢上去动也勿动。我又闻着股猫尿臭。东睙西望，没寻着亮晶晶的猫眼睛。房间有四十个平方。我回到门口头，耳朵碰着墙头上一样啥物事软冬冬的、瀴笃笃凉凉的。我人一凛。

过道里毕毕静，人也没一个的。是根电灯拉线。

我缓过来了。床垫啥意思，是接翎子的，心里头血流了快点了。我深呼吸一口气，房间里气味更加复杂了，辨勿清到底是啥了。

“啪嗒”，半空当中，黄颜色灯光洒下来，大半只房间亮了。我眼睛晒发晒发，地板黑了油腻腻的，墙头上有扇窗，扁塌塌的，高度只比床垫高一点点，被木条子钉煞脱钉死了。

我人转过来。伊盯牢我在看，好像有点怕我，也可能是有点迷茫。十七八岁，要末是十六岁里比较早熟的。头发新近烫过，一根一根离子烫拉了笔笃直，披到后背心上。一双丹凤眼。两根眉毛弯弯的，老细的，一看看得出是拔过的。好像有雀子斑，反正颜色老淡的，在灯光下头看勿清爽。圆领衫是白的，老紧身的。奶弹眼落睛，老大两只。胸口头银光闪闪，是英文花体字“love”咾啥。

"一张。要戴套的。"伊一篷风走过去,门也勿关,可能是灯光错觉,半透明的白丝袜里,大腿上汗毛一根一根像猪猡毛一样粗。

我朝门口头望望,除出这只房间,别的黑颜色门全关紧着,但是里头勿晓有灯光。啥物事扯了裂开来了。伊坐在床垫上脱靴子,好像脚勿是长在身上的,是身体外头一样啥物事,要用力拔伊出来。伊嫌比烦了,另外一只靴子只不过拉链稍许拉拉开,两只手朝后头一撑,人差勿多要倒在床垫上去了。靴子的橡胶后跟有得半块砖头大小,在地板上一记一记,磕了十几记。我小肚皮收进去,看看看下头有反应哦,估计勿来三,下头像缺脱一块,非常空虚。

伊靴子还没脱下来,像一部重型卡车浼在沙漠里,十六只轮胎拼命朝上爬,马达嘛,一圈一圈空转,烟也冒出来了。

我开始出汗了。

"侬快点。"靴子总算松口了。伊嘴巴里口香糖嚼发嚼发。

"我钞票给侬。我想问个讯。"

"动作快点。"伊超短裙已经脱脱了。

"有个人……"我一记头打瓣愣吞吞吐吐了,哪能讲好呢,又勿好讲鲨鱼牙齿。

"外套脱脱。"

我茄克衫脱下来,拿在手上,勿晓得摆在啥地方好。伊接过去,掼在床垫靠里头点。

"衬衫脱脱。"伊随手一掼,胸罩掼在我茄克衫上。

伊衬衫接过去,这记是轻轻掼上去的。几乎脱光了,除出一条老小的三角裤,像小朋友着的,白颜色底子上是黑颜色圆斑点。伊横倒在床垫上,隔了几秒钟,两只手抱在胸口头。人瘦了像芦柴杆,两只奶勿单单大,老软的是真的。

"快点。"伊面孔朝里头别过去_{转过去},勿看我了,嘴唇皮动发动发像在哼歌。

我皮夹子里摸出来五张新钞票,全是昨日仔银行里拿出来的。在床垫上,一张一张摊开来。伊左手三角叉一撑,身体撑了点起来,像弹出去一样远开我两尺,面孔朝我转过来,黑眼睛一闪一闪,眼光像剃头刀在我身上鐾发鐾发_{刮擦}。

我头低下来,盯牢五张钞票看。一丝丝风从木条子缝道里钻进来,五张钞票吹了抖发抖发。

"侬勿正常。"

"刚刚还有啥人上来哦?"

"埃种_{那种},我勿做的。"伊两只手分开来朝两面一撑,奶重重抖了一抖。人坐起来了,两只脚盘起来,后背心靠在木条子上,看牢我,像在看地上一口痰。

我面孔上肌肉一记头绷了老紧,嘴巴干得来像十日八夜没吃茶了。

"勿戴套。快脱。"

6

848终点站对过两条弄堂拆了差勿多了。沿街面房子的门咾窗咾已经红砖封脱了,有两只屋头顶也搡_揭脱了。

我走到弄堂口,闻着股老气味的味道。看起来勿像萧君讲的拿伊搭昏脱了这么简单,血应该飘了<u>一天世界</u>_{一塌糊涂}了。再闻闻看,这股气味又勿像血腥气。啥物事烧焦脱了,勿像塑料,也勿像废纸,这种焦毛气从来勿曾闻过。

过街楼底下头,水门汀上湿漉漉的,温度要比马路上低好几度。再朝里去,左手里是一排石库门前门,门全没了,好从天井一直望到黑黜黜的客堂间里。右手里又是一排石库门后门,灶披间里空荡荡的,看得见一小段扶梯。

雨老早勿落了,排水管还在滴水。砖墙缝道里蹿出来许多野草,蹿了老高,叶子边边头是老小的刺,一根一根朝上钩的,像此地有座核电站,许多年数前头爆炸了,植物异变了。

走进去差勿多三十米了,温度蹿上去了,左手里有团红光,热气腾腾的。

我一只脚跨进去,两份人家的天井本来是隔开来的,现在墙头拆脱了,通了,地上是石板咾碎砖头咾。当中一块比较大的石板上横了只炭壳子,火舌从炭壳子一条一条裂缝里钻出来,老像灾难电影里,岩浆从地壳缝道里涌出来。

我踏上一步,火其实已经小了,面孔上还是老烫的,像<u>引线</u>_针一根一根戳上来。这股焦毛气特里特别的,我勿敢再朝前头去了。火里头,面孔朝天的是只猞猁哦。屋里头的宠物,被捣蛋鬼捉牢了,死亡的恶作剧。也可能是出把戏的江湖人对老朋友花的最后一点心意。

看见和吃血勿搭界,我就应该走了。隔了几分钟,我还立在原地勿动,其实心里头已经晓得了,就是勿想认账,就像我刚刚拿着检查报告的辰光。

上海夜笔记

　　身体有点佝着,瘦瘦小小的,牙齿龅在外头的样子也老像的。但是和猞猁、猩猩两样,牙齿勿是尖的。炭壳子上得黏了层柏油一样的物事,是衣裳烧了烊脱了。边上再有团物事,黑颜色的,像烂污泥,应该是只烊脱的皮包。

　　我想走快点,哪能越走越慢了。在马路当中立了一歇,空气总算开始流动了。

　　在牛羊肉公司塘沽路门市部门口头,我像刚刚醒转来,发现已经在排队了。天蒙蒙亮了。前头排了十二三个人,全是老头子。当中三分之二着的是80年代蓝布工作服。伊拉在谈山海经,一个老早仔屋里住在闵行路,现在是从闵行赶过来的,还有一个咬牛筋碎脱一粒半牙齿,烤瓷牙勿去装,因为烤瓷牙勿算医保,横竖死快了,也没必要了。

　　"买啥?"营业员爷叔着了身白衣裳白裤子,朝我下巴一翘。嘴巴里叼了根香烟,香烟灰飘下来了,黏在红肉上。

　　我拎了一袋热气牛腩,走到外白渡桥上。血水洇出来了,滴粒搭辣,从马夹袋拼缝地方滴下来。一大淘一大群海鸥吱哗百叫,从桥下头侬追我我追侬飞过去了。

　　太阳光比刚刚更加亮了,风也更加冷了。我马夹袋掼到苏州河里去了。

　　屋里转去了,在橱里翻了一刻钟,威士忌没寻着。香槟又勿想吃。最后掏出来两包板蓝根,过期三年了,里头结别结块了。冲了吃下去,嘴巴里总算有点味道了。胃里头又开始恶心了。一夜天没睏,本来头老疼的,现在倒勿哪能明显了。

　　打萧君手机,空号。

我赶到武定路上伊住的地方。开门的是个老阿姨,六十几岁样子。我讲的人,伊印象一点也没。伊从嫁过来就住在这里了,房子从来没借出去过,伊手指头朝里头床上点点,一个老头子横着,风瘫十年了,也勿可能搬进搬出。

7

我坐在电脑台前头,一只一只饼干盒头叠起来叠了老高,里头饼干全被我吃光了。一种讲勿清爽的寂寞。

神警告过阿拉:灵魂勿要出卖给魔鬼。但是眼门前就要死了,也来勿及想别样办法了。倘使吸血鬼是真的,就有超自然力量,可能我还有机会活下去。

门一开,我笔记本屏幕马上翻下来。阿美踏进来了,速度快了像门没锁。进步真的蛮大的啊。

"侬几百年没看报纸了。心血来潮。"伊拿一叠晨报夜报"拍"一记拍在吃饭台子上。

"几百年前头,报纸还没咪。"我假装看脱一歇头版,翻到社会新闻版,呒啥凶杀,也呒啥焦尸,连得失恋跳黄浦江的新闻也没。

我听着,地板上高跟皮鞋踏过来踏过去,咚咚咚,咚咚咚,像看见伊嘴巴微微噘着。在舞台上,阿美长头发盘起来,白衬衫黑西裤标准男人打扮。面上带点笑,背脊挺起来走路,非常潇洒。

伊先上台,拿表演装置推上去。我一直欢喜立在幕布侧面看伊。追光灯打下来,伊衬衫胸口白了像雪一样,刺眼睛来,我觉着要出眼泪水了。

水龙头开着,哗哗哗,伊开始汏碗。挨下来,浙力索落窸窸窣窣,马夹袋拉开来,老花头,玻璃碗里是蔬菜色拉,勿加沙司。

"侬节目排了哪能了?"

"就迭能这样哦。"

我勿晓得再问点啥了。阿拉最后一趟开房间,是我参加新药计划前头。和老早一样,我坐在咖啡厅里远远望过去,伊对前台小姐笑笑,拿伊身份证递上去。前台小姐也远远朝我搭这里望过来,勿是老早仔的温柔羡慕的眼光了。

十分钟后头,行政层套房里,阿拉坐在 Kingsize 大床上。我一直没问,今朝日脚勿对。床罩也没拉开,伊就靠在床板上,叫我手心底贴在伊肚皮上,眼睛一闭老快睏着了。

阿美出去辰光,我看报纸,没打招呼。

笔记本电脑重新翻开来,电脑屏幕没马上跳出来,像面灰黜黜镜子,里头照出来一只鬼面孔。我头皮搔搔,几根头发就嵌在手指甲里拉脱了。我就用嵌着头发的手指头敲键盘。主题还是搜吸血鬼,全是小朋友看的,除出一只卖家帖子,在章鱼论坛里。

主题:吸血香水

查看:13 | 回复:0

1#狂野女王 2003-9-28 00:21

商品描述:

试管香水,10 ml。勿带喷头。

商品价格:

在夜里头用三趟。

商品信息：
东方香调。
香水从皮肤泅到毛细血管里，吸收血液，发散香味道催情。
注意事项：
会得吸引夜间生物。
交易方式：
有需要，请发站内消息。

8

我坐着，灯没开，鼻头闻发闻发，呒啥香味道，四面空气好像少一点了，有点缺氧的感觉。我披件衣裳，出门到武昌路吃了碗老鸭粉丝汤，一路上也呒啥特别事体。我勿觉着上当了，心里头倒静下来了。

海关钟敲过一记。转去路上，江西北路就要走到头了，到北苏州河路快了，就在邮电总局和河滨大楼当中，人突然觉着寒毛凛凛的，一股冰冷从背后头毛孔里泅进来了。我僵着勿敢动了，眼梢甩过去，勿看见有啥。没一爿树叶子落下来，也没一张废报纸被风卷过来。马路上有部差头，绿颜色顶灯亮着，老快开过去了。我朝马路对过瞄过去，也没人。

我气力用足了，在细节上一点一点调整，人慢慢朝前头斜，像只觉着危险就要逃走脱的小动物。心跳倒没快，就是浑身上下在出汗。危机感老浓的，像灰雾罩在四面散勿脱：有啥一直在盯牢我。

倘使吸血鬼是真的,就有超自然力量,可能我还有机会活下去。

勿像是人。

这种感觉非常清晰,和暗盒里的胶卷吸收光一样。几分钟,也可能十几分钟了,我逼牢自家,身体一点点绷紧了,朝大门方向跨出去一步,两步,勿去想,勿呼吸,也勿别转头去眱。虽然动作硬僵僵的,像机器人一样的,我脑子倒老清爽的:离死一日近一日,也觉着恐惧,但是和死亡真的来了,拿我一点一点朝伊的黑暗深处拖进去的滋味根本勿好比。

我在网上发帖子,买监控录像,就是这天半夜里一点钟。吃夜饭前头,货色从 QQ 上发过来了。第一趟买,居然用勿着出钞票,卖家送我的。

河浜大楼四面路口都有探头。画面里,除出我一个人走走停停,动作老慢老慢的,没别的了。我疑心这段监控录像勿对,又从别的卖家手里花了老价钿高价买了两份,结果还是一样的。我想着电影里只戆动作,在自家面孔上扭了一记。

痛的,勿是在睏梦头里。

我又 QQ 联系了第一个卖家,塘沽路的监控录像,从这天早上六点钟到隔日早上六点钟,共总 24 个钟头。第二趟买,价钿非常辣手。

探头位置在 848 终点站过去一点,距离三十多米的路口,斜对弄堂口。日里向,弄堂里没几个人进出,也就是五个建筑工人,一个收废品的。夜里八点半,一个人看样子是老酒吃饱小便去的。

屏幕下头时间条到凌晨 00:15 了,路灯灯光昏黄,侧面霓虹灯光线还是蛮亮的,一个女人,着条红颜色连衫裙,从乍浦路方向走过来,步子明显越来越快,走到弄堂口,捷转头眱眱看,样子老吃慌的。这个辰光萧君出现在画面里,头一直低着,两只脚一步一步在用力拔起来,像地心引力加重了。女人捷转身,朝弄堂里奔进去了。萧君动作一记头快起来,矮墩墩的人居然给我一种猎豹的感觉,眼睛一眴追进去了,七秒钟就出来了。

焚尸的道理倒是好解释的,譬如讲,血吃光了,就要想办法勿被人家晓得。但是又要浇汽油,又要点火,这点点辰光哪能够?要是汽油是伊事先预备在弄堂里的,又哪能晓得对方一定会得奔进去呢?

03:18,我出现在画面里,四分钟后头我从弄堂里出来了。在里头辰光比我想的短许多了。我样子还算笃定。

画面里霓虹灯慢慢隐脱了,天亮了,女人是没出来过,也没第二三个人到弄堂里去过了。

我又看了一遍,昏黄路灯下头拆了一半的弄堂,对过是848终点站,三部公共汽车排队停着。地方勿可能弄错的。我记得这条弄堂是死弄堂。我全景卫星地图看过了,是只有我进去的一只口子。亏得没报警,弄到最后还是大脑出问题了。要是牛肉还在,多多少少还有点证据,证明我是出过门的。

9

听见有人敲门,我老奇怪的。煤气数字已经抄在大门口表格上了。

短头发染过的,咖啡色。人嘛,大约摸一米七四,立在伊面前,我倒觉着自家比伊矮一点。耳朵露在头发外头,耳朵宕头耳垂老小巧的。鼻头老长的,像伊苗条身材的缩影。眼睛勿大,亮晶晶的,对我看了一看,就移开了。

伊着了件茄克衫,上头搭了点雨点子,看起来是防水的。件茄克衫旧得来,花头也看勿清爽了。只古铜色单肩包,背在右肩胛上。包老大的,里头装了啥重物事。

我请伊进来,又请伊坐下来。伊进是进来了,就是勿坐,立在长台对过头,面孔朝右面偏,腔调像个男小囡,老茄茄_{逞强}的,对大人勿大买账_{服帖},马上就要捣蛋来反抗了,通过捣蛋来传递心里的微妙信息。

我坐下来了,视线在伊头颈朝下,悄悄看过去,茄克衫里着了件米色衬衫,衬衫下摆束在牛仔裤里,束是束了老紧的,胸口也没哪能高出来。伊重心斜过去了,大骱靠在台子边上,骨盆老小的,两只大腿比手臂粗勿了多少,裹在紧身牛仔裤里倒也有种女人家再有的柔和弹性,看起来也丰满点了。金色铜拉链贴在伊小肚皮上。裤裆这里,也就是拉链开头的地方凸起来一点。我晓得这个是牛仔裤的版型,但是身体里还是有股热流上来了,细弱游丝。

"侬跟踪我?"我笑了一笑。

伊看看我,嘴唇皮还是抿着。

"茶吃哦?"我立起身。

像怕我靠近,伊肩胛上包蜕_脱出来,手腕子一斜,"拍"落在台子上。台子和椅子当中只空档老小的,伊人轻轻一闪,滑进去坐好了,小腿斜过来点,脚馒头并在一道,手摆在大腿上,嘴巴微微噘起来,眼光冷冰冰的,老严肃的。

我又坐下来了。两个人闷声勿响,<u>白板对煞</u>_{双方僵持}。当中有

上海夜笔记

一趟,伊对我望望。余多辰光,伊一直盯牢长台上两只空碗。是我中浪头中午吃下来的,碗没汰过,里头挺了几爿生菜。

"夜宵吃哦?"脑子转了老快,冰箱里还有半只枕头面包,一碗冷饭头,半棵紫甘蓝。便利店里盒装鸡蛋勿晓得有得卖哦,我记勿清爽了。面包先在油里煤一煤,再炒只蛋炒饭,最后紫甘蓝放只汤。趁出去的辰光,我好化化妆。

伊像有啥要讲,嘴巴角上动了一动,最后还是没声音。

我又等了一歇,看伊在慢慢透气。伊透气像用鼻头尖尖头,勿是阿拉用的鼻头洞。

钥匙摆在沙发边头茶几上。我立起身拿钥匙去,被绊着一记,人是扭过来倒在沙发上的,再看清爽是伊抱牢我了。

挨下来,是椅子乓一声倒在地上。

大楼保安叫光头,头剃了像只青壳鸭蛋。一套蓝黑色制服,一双白颜色运动鞋,着了七八年了,鞋面上一道一道黑黜黜裂纹,看起来龌龊兮兮的。是老少几个看见我勿吓一吓的,也勿同情我的人。我刚刚电梯里踏出来,伊隔了老远,人还在大门口了,就笑嘻嘻搭头点头了。

"买报纸去啊?"

"买点物事去。"听伊讲闲话只腔调就勿对头,夜报顶晏是在吃夜饭前头,从来没啥午夜报的。

"噢。"伊看看我,眼睛里全是闲话。

"对过便利店鸡蛋有哦?"

"吃大菜啊。"伊笑了更加扎劲了。

我走过去辰光,伊拍拍我肩胛。"朋友侬钥匙配把给人家嘛。

礼拜三侬一直勿转来,人家便利店里等侬噢,等到十点多了噢。"

"侬看见的?"礼拜三这个辰光,这个粉丝勿是和我约好了,在古罗马酒店碰头的嘛?

"我买香烟去的呀。"

"卖相还好哦?"勿要远兜远转了,我讲在伊前头,早点讲好,早点跑路。

伊贼塌嘻嘻笑笑,起只大节头_{大拇指}翘翘。"下趟侬勿在屋里嘛,喊伊到我门卫室里坐坐呀。我也老厌气_{寂寞}的呀。"

伊两只手抱在小腿上,缩在沙发角落里。我出去前头伊就是这只样子。我朝四面老快的看一圈,屋里头物事倒勿像翻过。我还勿放心,看看放魔术创意的大橱,锁上积了薄薄一层灰。

"我住在啥地方,侬哪能晓得的?"我存心口气重点,听起来还是有气无力。

"我跟牢侬的呀。"总算开口了。想勿到这条喉咙介沙法子_{这么沙哑},声音只比男人家细一点点,像黄褐色蜜糖,厚得来拌勿开。我觉着刚刚这段辰光,哪能对付我,伊又排练过一遍了。礼拜三伊在对过便利店里,我在古罗马酒店,明摆着的,伊勿是跟牢我到河滨大楼来的。

"侬是……"我拿这个粉丝的网名报出来。

"我勿叫这个名字。"

这种恐惧原来还留在身体里,现在一点点醒过来了,像冰水从皮肤里流出来。

"半夜里是侬对哦?"想想又勿可能,监控录像里除出我,没别人家了。

好几分钟,阿拉两个人全勿响。

"我看见侬进去的。"伊朝我看看,看得出我一点也听勿懂。"848 终点站。"

我顿了一顿,原来是这天夜里头。

"侬觉着我是凶手。"我朝四面望望,还是看勿出啥地方被翻过了。

伊下巴一翘。好像"切"一声。"倷要好朋友也在章鱼论坛里买物事了。"

"啥人?"

"这种物事,侬好随随便便买的啊?"伊当我在装戆,头昂起来,口气老凶的,眼梢有点点朝上吊。

我反应过来了,萧君也买了样啥物事。

"香水用光前头,侬一定要在夜里头用足伊三趟。"

我对伊看看,想勿出伊寻我到底啥目的。难道刚刚的情欲和香水搭界?

"人体自燃,侬听说过哦。要是三趟没用足,两三个钟头里,就会得从心脏开始烧起来的。"

"萧君在啥地方,侬晓得哦?"

伊鼻头里哼一声,沙发上跳下来,老快走过去,包里头倒出来一只笔记本电脑,捧转来搁在大腿上。电脑没关,翻开来揿一记就亮了。

在台灯灯光下头,伊皮肤是金黄色的。我意识到伊衣裳还没着。怕伊感冒,想帮伊披条毯子。电脑屏幕转过来对牢我了。啥拿毯子咾,我统统忘记光了。

画面看起来老暗的,老糊的,粒子一粒一粒老粗的,光线像在深蓝色鱼缸里拍的。是监控探头的录像。

我认出来了,这个着两用衫的人就是我呀。从边上的房子看,我是在江西北路上。从拍的角度看,这只位置探头有哦?

"邮电总局的。"

"侬哪能弄着的?"邮电总局的内部监控,勿是我买的道路交通的监控录像。

伊用1/2速度慢慢放,我还是啥也没看出来。手指头又细又长,在键盘上又轻又快的敲了几记,是1/10速度了。01:01:47,屏幕里靠上头点的地方一暗。我盯牢仔,眼睛一眨勿眨,听见手指头又敲了几记,暗下来的地方越来越清爽了,在邮电总局四层楼外墙上有只影子在动。

画面暂停了。从头放一遍,到这里又暂停了。再放一遍。

"侬讲是啥?"

伊存心这样问,我也存心这样回答。"飞机影子。"

"是的呀,汽车没这么快。"伊眼睛特别亮,口气嘲叽叽的,面上带点火气。

"屋头顶上开汽车,杂技表演咪。"我讲了笃悠悠的。也勿可能是人。100米世界纪录也没这么快。但是看起来像人影子呀。我心一宕。在脑子清爽前头,身体已经反应过来了。这个就是夜间生物,是香水引过来的。

"侬一点也觉勿着?用这种速度移动,空气一定会得有变化的。"

"河浜对过,大楼上有两只探照灯。就是伊种会得动的景观灯。"

"灯是光。这只是影子。"

"光从大楼上一只啥地方扫过去,这只地方正好看起来像人。"我瞄了一眼,是 1/50 的速度在放。影子动的辰光,我一动勿动,马路上的差头也几乎一动勿动,我记得伊是老快开过去的。

"要死脱快了,还这么稀里糊涂!"伊极喊一声,喊到一半喉咙哑脱了。

"我是要死脱快了。"

伊头沉下去了。"我勿是这个意思。"

"侬也买了是哦。"

"买啥?"伊眼睛马上对准我眼睛,想叫我相信伊勿晓得我在讲啥。但是头颈硬挢挢的,嘴巴也张了忒大了。

我勿响,等伊回头回答。

伊嘴巴角上有点抽筋了,但是马上牙齿咬紧下头嘴唇皮,头抬起来,死死盯牢我,看起来非常生气。

我帮伊倒了杯温开水。伊僵着勿动。又屏脱一歇,头颈歪了一歪,杯子罩在面孔上,啯嘟啯嘟。两只小耳朵露在头发外头,我老想轻轻捏伊一捏。

伊半杯吃脱停下来了。我杯子接过来吃了一口。一记头觉着老虚的。

一粒一粒,伊眼泪水挂下来了。

"我是魔术师。我来做只机关。"我劈口而出,好像心里老早有底了。

伊一面哭,一面摇头。鼻头塞牢了,用嘴巴透了一大口气。

"我还想高潮。"伊讲了老慢的,眼睛没看我。

10

毛病更加结棍了。我浴缸里跨进去,抖抖豁豁,像九十岁老头子一样。进去了,马上当当心心坐下来。淋浴忒危险了,只要轻轻碰一记,就是块乌青。

汏头膏倒在头顶心,头皮上一冷。眼睛闭拢了,刚刚几秒钟,就觉着后背心上越来越空,心脏一记头跳了老快,像几百粒玻璃弹子倒翻在地上。头要紧转过去,手在面孔上来煞忽及<small>非常急</small>一撸头,有点泡泡眼睛里夹进去了。我痛了眼泪水也流出来了。眼睛还是睁了老大,没啥物事从背后头进来。

浴室扇门,老想拿伊锁锁牢的。我屏牢了,头低下来看看脚上青筋,一根一根灰颜色的,像树根,浸在水里有点胖出来了,扭曲变形像一幅抽象画,画的是只哭出乌拉<small>哭丧着脸</small>的死人面孔。

手在小腿上捏了一捏,瘦得来一只手也捏得拢的。

是要死快了。就算吃准足<small>确定</small>这个一点,我胆子也没大多少。

我马马虎虎冲了一歇,人来勿及揩干就到房间里去了。衣裳也勿着,窗开开大,工地可能停电了,墨墨黑,毕毕静。月亮星星全看勿见,冷空气里有股潮气,像落过雨了。

我窗口头立了一歇。房间里没刚刚这么暗了,床边上只夜壶箱,还有两只靠背椅子,朦朦胧胧看得见了。香水揿好了,又在碗里滴了两滴,镶了点冷开水,吃了一口,又是一口。

远远有啥声音。

通通通,墙头里像有颗心在跳。我觉着自家瞌了老浅的,但是伊响了一歇好一会儿,眼皮再勉勉强强强睁开来。就算有心理准备,人还是在朝后头缩,头颈拿枕头顶出去了。

我听见枕头轻轻落在地板上,又轻轻弹起来,声音老蓬松的。

月亮出来了,冷清清,床对过的墙头白哈哈的,也像月亮一部分。影子墨墨黑,像在光里咬了一口月亮。

一歇歇,影子四面出来一团淡黑色雾气,一歇歇,雾气散脱了,像被影子吸进去了。又隔了一歇歇,雾气又出来了,总归勿超出影子周围半米。我晓得了,伊是被黏牢了,勿停的想挣出来。

我赤脚踏在地板上,和影子远开三米朝上的距离。从房间层高推测,伊长嘛,应该有两米多点。勿像动物被捉牢了要极叫的,伊一声勿响,就是挣勿停的挣。

我还当伊赅拥有翅膀的,像蝙蝠这种,但是横看竖看勿看见,勿清爽伊哪能从窗口进来的。手咾脚咾也勿看见,身体就像一件影子披风。头部轮廓还看得见,伊头朝下倒挂着。

我还想朝前走,两只脚已经僵牢了,像两根木头。

撷声能突然,头部轮廓从身体当中凸出来了,像条蛇对准我冲过来。一只嘴巴从上头显出来了。嘴巴豁了老开,一直豁到头颈后头去了。嘴唇皮颜色越来越红,越来越鲜。嘴巴闭着,两爿嘴唇皮当中有只空档,样子像只扁塌塌的三角形,眽进去,里头像白颜色荧光粉在发光,是伊牙齿。

伊嘴巴一点点张开来了,一股肉烂脱的臭味道非常厉害,要勿是我一点点也勿会得动了,连得发抖也勿来事了,胃酸老早喷出来了。

牙肉是深红颜色的,牙齿一粒一粒像鲨鱼牙齿这么尖。牙齿和牙齿勿是贴紧在一道的,隔开一道一道老小的黑兮兮的缝道。嘴巴越张越大,现在整只头变嘴巴了。在我眼睛闭拢前头,嘴巴离我额角头只有几公分了。

伊透出来的气冰瀴,像许许多多虫从我头颈寒毛上爬过去,痒兮兮的。我逃勿开,只好等着,觉着世界上一切全慢下来了。

咯吱咯吱,骷郎头像棒头糖一样被伊含在嘴巴里,咬发咬发。但是意识还留下来点,我晓得这个勿是真的。

我眼睛睁开来,伊又回到老地方去了。嘴巴消失了,收到影子里向去了。头朝下,原旧挣勿停的挣。

我浑身上下精精湿湿透。脚活络了,一记头立勿牢了,手咾脚咾一道用,在地板上爬了几步,退到房间另外一头。

我看过本写心理暗示的书。一面照书上讲的勿停的告诉自家没退路了,一面抽斗里针筒拿出来。倘使来的是萧君,我还想和伊商量商量,咬我一口,让伊血进到我血里头。对这只夜间生物,我实在是没勇气。

我从伊边上慢慢绕过去。想勿到头后头的骨头也会得像肌肉一样抽筋的,拉紧到极限了,痛得来要倒在地上快了。伊没跟牢我转过来,挣扎的方向一直在正前方。影子边沿老糊的,给人一种虚幻的感觉,淡得来像水洇在地上,要被地面吸干脱快了。

我一针戳下去,伊也呒啥反应。一点一点抽到针筒里,黑颜色在塑料管子里一圈一圈萦绕旋转,像一杯水里,墨汁滴进去了。

针筒里墨墨黑了,老浓的,讲勿清是气体还是液体。我抖豁了。要拿这样一针筒勿明物质打到自家身体里?应该先在动物身上试验试验看哦。

我吓一跳，针筒脱手了，还好剩下来一点魔术师反应，手指头一勾接牢了。有人在敲门，我针筒马上囥到抽斗里去。

门一开，伊就擦在我肩胛上奔过去。伊面孔上啥表情，我也没来得及看见。

伊静静看牢伊，立的地方比我刚刚一针下去的地方更加靠前。两只手像祷告一样捏在一道，手指头和手指头扣了老紧的。只着了一件广告衫，头颈露在外头，非常白，曲线非常优美，被黑暗一衬，反差老强烈的。

我抽斗拉开点，手伸进去，针筒捏捏牢。手汗搭在塑料管子上，滑溜溜的。伊一动勿动，像在等我下手。

手松开的一刹那，有一种微微的痛快，像小辰光，吃冷饮前头拿包装纸头掼脱。我抽斗推上去，走到房间角落头，沙发上一坐下去，头就沉下去了，力道一点也没了。

我觉着和这个世界和解了。

身体里像干脱了，刚刚想请伊帮忙，冰箱里香槟拿瓶过来，头颈上一痛。

赛过亲眼睛看见一样，皮肤一点一点凹下去，像电影里的特效慢镜头，凹了越来越厉害，裂开来的一刹那，像只气泡"噗"一记破脱了，神经是根线，笔笃直抛上去了，在空中越来越高勿看见了，血液开始轰响，大脑烧起来了，烈焰汹涌的同一时刻，寒气从脚底心开始波涛澎湃撞击过来，冰冷的浪花溅到骨盆和胸腔里。

我望望房间里头，伊人勿在了，门还开着。摸摸自家头颈后头，针筒戳在上头。我在这段塑料管子上摸过来摸过去，我会得变成啥,伊种吃人的生物,浑身是腐烂的臭味道?

心一记一记在跳,像有啥一记一记在敲。我一面针筒拔脱,一面立起身和阿美打电话,关照伊马上在粉丝论坛上发帖子,我要表演午夜场魔术。

我喉咙乓乓响,激情咾自信咾满了要潽溢出来了。阿美回头了声好,声音老饱满的老响亮的。失去的物事又回转来了。我香水拿起来,浴室里奔进去,手一甩,搁落三姆全部倒在伊浴缸出水口里去。

用勿着啥机关得的,只要只箱子,箱子要密封的,外加要耐火的,配一台除烟除尘的装置。箱子用五根铁链条捆牢了吊在伊半空当中,箱子里的魔术师凭空消失了。独是一只缺点,魔术师勿会再转来了,优点是这只魔术好让人家百思勿得其解。我是烧成灰了,生命完结了,其实还留在这个世界上,因为大家一直在想这只魔术、这个魔术师,勿管是畏惧,还是怀念。

我闻着一种味道,老奇怪的。

是月亮光的味道。老早仔,只闻着过太阳光,从来勿晓得月亮,这只反射体,也会得有味道的。

纯洁,飘渺,冰冷。有种模模糊糊的、讲勿清爽的引力一点一点拿我拉过去了。

伊面搭那里墙头上,伊看起来像裸体大理石雕塑裹在黑颜色薄纱里。面孔有点模糊,唯一清爽的是两只眼睛,像围棋黑子一样,眼白没的。

勿好讲美,是比美更加无形的物事。我想试试看,思维捉得牢伊哦,就在这个追逐过程当中,勿知勿觉踏进一座骨头搭起来的又轻又细的迷宫,心里头是种兴奋至极又极其平静的高潮。

我晓得已经被同化了。只不过明白"同化"这只词的概念，脑子自动关闭了，没办法去思考这只词可能有的意义。

　　我寻了把刀。伊还是直拔直盯牢我，眼光里有啥物事飘过来了，像一层轻纱罩在刀尖上。

　　人造结蛛罗网是老黏的，但是我割了蛮顺的，一根一根全割断脱了。顿时立刻，伊变黑了，里头的苍白大理石雕塑完全勿见脱了。

　　比夜色更加黑。两只眼乌珠闪发闪发，是宝石一样灿烂的幽光。

　　伊窗口里飞出去了。感觉像在海里头，一条老大的鱼捷转身游开了，余波从我身上一波一波过去，一波一波荡漾在心里。

　　于是，我也飞走了。

当死亡变了常见,又是这样无常,阿拉都可以距离拉近了接受伊。

吸血唱片

1

　　我一直这样想的:没道理就去杀人,勿是变态是啥啊。
　　乍浦路靠塘沽路有幢公寓房子,八层楼。楼顶上又搭出来一间玻璃房子,就是"九层楼"书店了。
　　三年前头,我是在一张英文报纸上读着介绍的。觉着有点意思,趁吃饭等位子的空档来过一趟。
　　只玻璃房顶是尖的,像城堡里的塔楼。分上头下头两层,一部铁扶梯像漩涡一样的转上去。上头一层全是卖唱片的。唱片勿是封面朝外头摆的,是一张一张插在架子里的,像书一样竖着的。
　　出院还勿到一个号头,我心血来潮又去了一趟。半夜里十二点敲过,就算射灯一只一只亮着,金黄的热量勿停的发散出来,感觉上还是又湿又冷又荒凉。可能是一面一面绿玻璃忒大了,也忒厚了,颜色深了像水草,书店赛过是沉在河浜里的一只船。
　　我开始天天朝此地跑了。倒勿是变发烧友了。半夜里,书店里几乎没人,既有一种购物的享受,又好避开别人家眼神。

有个女人,我常常碰着的。廿四五岁,人长了蛮小样的,额角头扁塌塌的,蛮白的,黑头发留了老长,到背心头了。伊侧面望过去,有种宁静的古典美。我猜伊就在前头两幢办公楼里上班,大概是广告公司,加班辰光到书店里来调调脑子。

伊比我还要结棍,像看书一样看唱片。一张也勿放过,连得顶上头一层的也要抽出来,开开来看看看。

两个礼拜前头,我抽了张唱片捧在手里。

摇滚唱片,我一直勿欢喜听的。就是封面还蛮灵的。手里这张上头,一爿墙头是暗绿色的,墙头左面只角上挂了幅油画,画里是个中年女人,年老色衰,身上肉已经<u>松輥輥</u>松松垮垮了,人侧点过来坐着,样子<u>死洋洋</u>无精打采的,面孔上勿大里开心。地上铺的地板全烂脱了。一只骨头架子,是只猫的,立在地板右面。

我闻着一股香水味道。味道蛮熟的。

伊立在我边上,手里也捧了张唱片。"一样是拔士巴汰浴。一般男人家欢喜这张。"

一只小窗口里,月亮光照进来,大理石池子边上,一个女人<u>跍</u>蹲着,头沉倒仔几乎贴在肚皮上,水一粒一粒像珠珠一样透明,从黑颜色长头发上滴下来,再顺牢大腿流下来,丰满的白颜色里是种软笃笃的弹性。水在地上瀽起来,像一朵一朵金光锃亮的花。

肉体气息从画面里发散出来,闻上去有点像无花果,空气也变了<u>黏支疙瘩</u>黏而沾物了。我点点头,是更加欢喜自家抽出来的这张。

"侬老特别的嘛。"咚咚咚,伊跑到对过只架子前头去了,唱片托牢仔,手揿起来,气力用足了,拿唱片朝顶上头一层的当中插进去。只手老白的,又瘦又小,弯着像压了扭曲了。

这句我一听见,就开始品前头一句的味道了。后来,我想从这个辰光起,已经想杀脱伊了,只不过是在潜意识里,就像加在一大杯牛奶里的头一抄糖,甜味道还吃勿出。

伊唱片还没插到底。赤脚着了双红颜色高跟皮鞋,两只脚跕着,脚后跟和鞋子脱开来了。我眼梢盯牢伊脚背面上凸起来的青筋,观察肌肉在血管上的压力,想象失血之后身体哪能瘪脱。

2

小样女人唱片只马马虎虎看了两张,大多数辰光在看一个男人。我耳机戴上去,装了在试听,隔脱一歇歇,就要瞄一眼。

这个男人着了身牛仔衣牛仔裤,中等头身材,脚上是双高帮靴子,头发剃了老老短,一根一根像老细的刺,就算领头是贴了头颈竖起来的,也碰勿着头发。

小样女人在另外一头兜了只圈子,还是屏勿牢走上去搭讪头去了。伊在小样女人面孔上盯了老长辰光,像眼睛有毛病。小样女人存心凑上去一点,又讲了一遍,热气呼在伊领头上,领头有点动发动发。

牛仔笑笑好像同意了。两个人扶梯并排并下去了,到前头路上一爿饭店吃泰国菜去了。

店里头放的音乐,节奏非常闹猛,男女服务员一面盘子端着,一面扭发扭发在跳舞,手腕子上十几只镯头撞发撞发,哗啦啦,哗啦啦。两个客人吃醉脱了,拍手拍了起劲煞脱了。

小样女人点了一扎罗望子果汁,四瓶小瓶头的啤酒。吃脱一瓶,闲话多起来了。我坐在伊背后头只台子,听着,伊的谈吐拿伊的古典美形象彻底破坏脱了。

　　"只屁股侬看呀。伊是同性恋。"伊头颈斜着转过去,坐在伊对过的牛仔头颈也在动。

　　这个男服务员当仔啥事体在叫伊了,恭恭敬敬跑过来,问伊拉还需要点啥哦?小样女人一本正经头摇摇,面孔转回去了,我勿看也晓得的,伊对牛仔眼睛眯眯,笑了老调皮的。

　　伊在发嗲,装了老乖的,一只手托牢仔下巴,一只手拿白饭盛到牛仔盆子里去,再拿青咖喱虾汤一抄一抄朝饭里拌进去。喉咙比刚刚轻点了,听起来还是蛮响的。"侬看伊面那里只女人,是只鸡。"

　　我晓得伊讲的是啥人。靠我右手只台子,一个女人三十多岁,原来眉毛拔光了,留下来两条印子有点发白,新眉毛是黑笔画上去的,绝绝细,比原来高出两公分,着条超短裙,橙黄色的,会得发光的,又小又包,赛过一块塑料绢头拿屁股像裹粽子一样裹在里头。

　　牛仔也想看看看,方向看错了,头颈伸长了朝我只位子望过来了。眼睫毛一根一根老长的。五官蛮端正的,但是一样一样老小巧的。两粒纽子没纽,领头一直敞开到头颈下头。头颈非常细洁,有种自信的青春气质。

　　也是个女人。虽然身材和男人一样平。

　　小样女人头也转过来了。我头马上沉倒,装了在吃汤。

　　"叫侬看的是女人呀。"伊重音落在最后三个字上。"喏,看伊面呀。伊一坐下来,两只大膀就夹了老紧的。三角裤落脱了呀。"

两个人笑得来拍手拍脚,调羹上的汤水滴粒搭辣落在盆子里。刚刚个男服务员,舞跳到一半停下来了,眼睛睁大了对伊拉望望,又跳起来了,就是跳了有点硬挤挤,勿哪能开心了。

一顿饭功夫,外头雨也落过了。地上还没干,前头有只蛮大的水荡,差勿多30寸蛋糕大小,我绕过去的辰光,朝里头照了一照,就像跑到许愿池前头,心里头想的再会得清晰起来。

3

我勿想随随便便杀人。

随随便便,就是勿讲究方法,准备工作也勿做做好,冲上去就动手,譬如讲一口气戳个一百多刀,和梦游一样。

我上网搜搜看,网上杀人办法多得来一天世界,针孔摄像机就是一种。但是这种办法勿哪能爽气。

眼睛一眨,几个钟头过脱了,链接一只一只跳出来许多,弹窗也跳出来许多,我像迷路了,瞎跑八跑,跑到章鱼论坛里去了。论坛是BBS风格,一坎一坎,大多数是卖cosplay装备的帖子。刚刚看见《吸血唱片》,我还当小朋友白相的整人玩具呢。

主题:吸血唱片
查看:61 回复:0
1#狂野女王 2003-10-4 00:16
商品描述:
看起来就是普通唱片。

商品价格:
勿需要了,辗转流通。
商品信息:
啥人手直接碰着这张唱片,啥人血就会得被吸光。
侬只手勿关哪能敲哪能甩,变干尸前头是停勿下来的。
注意事项:
倘使勿想拿证据留下来,建议在五楼朝上靠窗口地方用。
交易方式:
有需要,请发站内消息。

  我哪能会得相信的?是这个商品的代价,非常特别啊。这个人心里头的恶意,有种黑色幽默在里头。多多少少有点心心相印哦。

  隔了三天,快递送得来了。我对送快递的小阿弟看看,乡下头刚刚上来的,只面孔红扑扑的,蛮新鲜的。和这只高危职业倒也蛮配的啊。

  外头是只文件袋,里头是只非常薄的黑塑料袋。我戴了副橡胶手套,副小羊皮手套,再加副滑雪手套。想想是老厚了,但是狗狗小辰光,我喂伊吃药,也是三层头手套,还是被小牙齿一口头咬穿脱了。我勿得勿到医院里打针去,真的老痛的呀。

  狗狗,伊在新人家勿晓得<u>哪能介</u>怎么样了噢?我眼潭里有点发烫,有点潮了。

  我就怕勿当心剪着。剪刀勿用,用手劲,透明胶硬劲扯开来。唱片封套上,字没的,商标没的,条形码也没的,只有一幅图。

吸血唱片

只水晶吊灯老大的,从大厅天花板上荡下来,像瀑布一样的。长台子上铺的台布雪雪白,上头银盆子银杯子一套一套的,东一排西一排,摆了两排头。盆子杯子是空的,边上刀叉全没的。大厅里客人也没一个。只有十几个男佣人,黑西装白手套,一个一个立了规规矩矩,像在等啥。每个人手里拿只银茶盘,茶盘里也是空的。

我老欢喜的,就算勿好杀人也觉着漂亮。

4

小样女人头发离子烫过了,拉了笔笃直。着了条红颜色连衫裙,调了双漆皮高跟皮鞋,颜色还是红的,亮了一闪一闪的。是"牛仔"送的哦,两个人一定是热得勿得了了。

还是老样子,每张唱片都要去抽出来看一看。一只架子上唱片看光了,再走到下头只架子。

"我有张唱片,侬肯定欢喜的。"我喉咙尽量轻一点,嗲一点。

这只书架背后头是扇法式长窗。窗把手坏脱了,窗一直开着。风一卷,干尸就可以像断线风筝一样飘脱了。

这只当口,挂在头颈上的小手机响了。伊眼睛勿看我了,人也转过去了。走到隔壁头只书架前头,对牢仔手机叽哩咕噜了几声。伊对我笑笑,公司里要伊赶转去处理只紧急案子。

哈,我老早看穿伊了。

我书店里出来,看牢伊急急匆匆走在前头,小腿像白沙滩,红裙摆像海潮一样,涌上来,退转去。

电梯勿乘，为了保身段，伊扶梯跑上去。可惜好日脚_{日子}没伊想的这么长。

背后头脚步声伊听见了，头转过来了。嘴巴角一翘，眼乌珠像只老虫，刚刚在垃圾洞里翻着啥宝贝，怕人家抢得去。

"是侬啊。"伊透口气。"侬也欢喜吃这爿店的臭豆腐啊。"伊又朝上去了，哒哒哒，高跟皮鞋踏在扶梯上，像在这句闲话后头加了串感叹号。

我立定了。扶梯转角上正好有扇窗。我推推开。

"送……给侬的。"我包里摸出来，封面朝伊。像个塌鼻头男同学捧了盒情人节巧克力，缩发缩发_{畏畏缩缩}立在一个校花门前。

伊停下来了，看看我手上戴的白手套，有点疑心疑惑。

我心里想侬只笨女人啊，看这个有屁用啊。我只包是单肩胛的小包，带子又细又长，伊居然没看见。

最后一根救命稻草也没捞着。命运就是这样的。

"哦。"伊走下来一步，还是勿肯接过去。

"喏！"我一口气喊出来，像难为情到了最后，总算屏出来了。其实是想快点到便利店买巧克力去。我老早勿欢喜吃巧克力，老多礼盒，包装老漂亮的，全被我乱脱了，眼门前，突然老想吃的。

我两只手朝前头一伸，动作硬挤挤像关节勿大里活络。伊比我老早还骄傲，就是看我硬挤挤，乃末_{这下}伊笃定了。

又下来两步，唱片接过去了。阿拉两个人视线全落在封面上了。

水晶吊灯更加亮了，发出来的是红光。光是动的，像暗红色瀑布冲下来，落到银盆子银杯子里。开始，盆子杯子里是红颜色反光。眼睛一眱,是液体了。红光还在动,盆子杯子全拍拍满了。男佣人手脚老快的,拿伊拉摆到银茶盘上,面孔上眯眯笑,一坎路跑出去,跑到大厅外头招待人客去了。

伊表情老迷茫的,一只面孔开始戆笑。

楼上有人下来了。伊面孔变形就要叫出来的当口,已经差勿多是干尸了,一个人像白纸头做出来的。

伊两只手朝下头落下来,唱片正正好交还到我手里。我觉着是唱片牵牢仔伊两只手,叫伊重新摆到老地方来的。

一个男佣人转来了,银茶盘里两只银杯子已经空脱了。

"啵"一记,打 kiss 的声音。唱片松口了,像吃饱了打了只餿嗝,在这股冲力下头,轻飘飘的干尸反弹出去了。马上朝窗口去了。

怕弹出去力道搭勿够,我食指又在伊身上弹了一记。声音老脆的,真的像弹在薄纸头上。

半空当中,干尸像一股白烟从裙子里蹿出来。头发散开仔飘发飘发,混在夜色里去了。

伊手机落下来,掼碎脱了。

胸罩三角裤从裙子里漏出来。我听见"咚"一记老闷的,罩杯砸在地上了。裙子像根羽毛被吹了口气,慢慢飘下去了。

远远,在夜空里,白色也老快模模糊糊看勿见了。

扶梯上挺下来两只高跟皮鞋。

可惜勿好穿,对伤口没好处。就留在此地当礼物哦,这么新,这么红,一定会得有人占为己有的。

我走到马路上,大厅里男佣人全转来了。封面又是老样子了。

比仔刚刚,我觉着伊拉面孔上笑了更加得意了。

　　我巧克力含在嘴巴里,隔脱一歇歇,舌头就顶伊一记。甜味道一点也没,但是觉着伊在烊融化脱。

　　唱片寄给啥人好呢。变心的男朋友?答应帮我做保乳手术,在手术台上又变主意的医生?还是拿狗狗带了跑的新主人?

　　这种报复统统老低级的。

　　我想听听看先,唱片里到底是啥。之后拿伊混在书店架子上去,让命运来决定哦。当死亡变了常见,又是这样无常,阿拉都可以距离拉近了接受伊。

　　我唱片刚刚抽出来一半,预备摆到试听用的电唱机里去,听见背后头有人踏上来了,喉咙老粗的,中气老足的。"美女,有空哦?"

　　我脑子里空白了几秒钟。血涌上来了,身体里像无线电信号勿灵光,嘶嘶嘶在叫。但是气管绷了老紧老紧的,像钳牢了,声音一点也发勿出。

　　我头低着,人老快转过去,拿唱片朝伊胸口头一塞。

　　扶梯一路奔下去,只包荡过来荡过去,弄得来像只钟摆,差一点从肩胛上滑脱。真叫亡命一样的逃出去。

　　这爿书店,我又去过两趟。吸血唱片勿在里头了。可能伊的新主人,是个勿得勿永远戴手套的人。就是现在,这个人正在留声机器上大饱耳福呢。